嘉木中国

周畅——著

团结出版社

图书在版编目（ＣＩＰ）数据

嘉木中国 / 周畅著. -- 北京 ： 团结出版社，
2021.10
ISBN 978-7-5126-8973-2

Ⅰ．①嘉⋯ Ⅱ．①周⋯ Ⅲ．①散文－中国－当代
Ⅳ．①I267

中国版本图书馆 CIP 数据核字 (2021) 第 116101 号

出　版：团结出版社
　　　　（北京市东城区东皇城根南街 84 号　邮编：100006）
电　话：（010）65228880　65244790　（出版社）
　　　　（010）65238766　85113874　65133603（发行部）
　　　　（010）65133603（邮购）
网　址：http://www.tjpress.com
E-mail：zb65244790@vip.163.com
　　　　tjcbsfxb@163.com（发行部邮购）
经　销：全国新华书店
印　装：三河市东方印刷有限公司

开　本：170mm×240mm　　　16 开
印　张：16
字　数：240 千字
版　次：2021 年 10 月　　第 1 版
印　次：2021 年 10 月　　第 1 次印刷

书　号：978-7-5126-8973-2
定　价：68.00 元

序·唯余松桂心

《庾子山集注》载庾信《枯树赋》曰：

殷仲文风流儒雅，海内知名，世异时移，出为东阳太守，常忽忽不乐。顾庭槐而叹曰："此树婆娑，生意尽矣！"

至如白鹿贞松，青牛文梓，根柢盘魄，山崖表里。桂何事而销亡？桐何为而半死？昔之三河徙植，九畹移根。开花建始之殿，落实睢阳之园。声含嶰谷，曲抱《云门》。将雏集凤，比翼巢鸳。临风亭而唳鹤，对月峡而吟猿。乃有拳曲拥肿，盘坳反覆；熊彪顾盼，鱼龙起伏。节竖山连，文横水蹙，匠石惊视，公输眩目。雕镌始就，剞劂仍加；平鳞铲甲，落角摧牙；重重碎锦，片片真花；纷披草树，散乱烟霞。

若夫松子、古度、平仲、君迁，森梢百顷，槎枿千年。秦则大夫受职，汉则将军坐焉。莫不苔埋菌压，鸟剥虫穿，或低垂于霜露，或撼顿于风烟。东海有白木之庙，西河有枯桑之社，北陆以杨叶为关，南陵以梅根作冶。小山则丛桂留人，扶风则长松系马。岂独城临细柳之上，塞落桃林之下。

若乃山河阻绝，飘零离别。拔本垂泪，伤根沥血。火入空心，膏流断节。横洞口而敧卧，顿山腰而半折。文斜者百围冰碎，理正者千寻瓦裂。载瘿衔瘤，藏穿抱穴，木魅睒睗，山精妖孽。

况复风云不感，羁旅无归，未能采葛，还成食薇。沉沦穷巷，芜没荆扉，既伤摇落，弥嗟变衰。《淮南子》云："木叶落，长年悲。"斯之谓矣。乃歌曰："建章三月火，黄河万里槎；若非金谷满园树，即是河阳一县花。"桓大司马闻而叹曰："昔年种柳，依依汉南。今看摇落，凄怆江潭。树犹如此，人何以堪！"

《枯木赋》以树喻人、以人喻树，人树如一，从而引出人之无常如树之枯荣："生意尽矣""树犹如此，人何以堪？"其另一要点，即与庄子"有用""无用"契合：

匠石惊视，公输眩目，"拳曲拥肿，盘坳反覆"的无用之材，稍加雕镌则如"重重碎锦，片片真花"。无用即为大用。

国际学术界认为"森林文化"（Wood Culture）之学问始于20世纪70年代初，其学术重镇则在东京大学、京都大学。从《枯树赋》可以证实，此说并不可靠。

《易》之升卦曰："地中升木，升。君子以顺德，积小以高大。"《说卦传》："巽为木。坎为水，……其于木也为坚多心。离为火，……其于木也为科上槁。艮为山，……其于木也为坚多结。"欧阳询释曰："坚多心，为刚中也；山木坚直，故多结也；阴含气，故曰科。科，空也。为日所干，故上槁。"

先秦文献及各个时期均有不少关于树木的详细记录。1937年出版的陈嵘《中国树木分类学》"初版序言"称："中国开化独早，生物学智识亦得之最先，其遥也虽详不可考，然至周已灿然可观矣，如动物有毛物、羽物、鳞物、介物、蠃物之分；植物有草物、膏物、核物、荚物、丛物之别，不啻为后世分类学之滥觞也。"《诗经》《尔雅》《本草纲目》均用诗一般的语言记述各种动物、植物，"清道光年间吴其濬之《植物名实图考》，其所陈种类，多就目见，图说悉凭实察，诚中国唯一之植物学也。"

《嘉木中国》既不是植物学著作，也不是木材学专著；既不能归入"森林文学"或"木材文化"之列，也不能融入中国古代家具研究之当然部分。如果从学术研究分类，近似于"木材的历史与文化（History & Culture of Wood）"之研究。《嘉木中国》虽不是学术著作，但其写作与叙说方法让人欣喜异常，便于大众阅读与理解。从史、从事、从文、从实。用"茹古涵今，无有端涯；浑浑灏灏，不可窥校"评价，或许不太合适，但其菲枕图史的工夫则处处可见。

引《搜神记》"伐树出血"而得出"树与人同，有血有肉，亦有情感"之叹；从《诗经》"昔我往矣，杨柳依依；今我来思，雨雪霏霏"与"折柳相送"相连："有唐一朝，若逢春夏，灞桥外的长亭上，日日可见洒泪折柳的人们。"自杨昌浚《恭诵左公西行甘棠》一诗至光绪三十二年河西官府的一张告谕，便将"大将筹边尚未还，湖湘子弟满天山。新栽杨柳三千里，引得春风渡玉关"的诗句解释得殊为透彻。

"胡杨树是随青藏高原隆起而出现的古老树种，也是沙漠中唯一的乔木树种。"对胡杨林的生长习性、特征进行了详细描写后，转而留下了一大段让人沉思、回望的文字：

夕阳西下，漫步于沙漠边缘，看着那一株株伟岸的胡杨在如金的光明中傲然挺立，你就会感叹生命的不屈与坚韧，就会静静思考命运的幸与不幸。太阳慢慢沉下去，胡杨树只剩下黑色的剪影，仍然伫立的你，勇气会从心底里悄然而生，生命亦会悄然圆润。

合上书页，补上《苦瓜妙谛》的一段话则心怦怦然："盘礴睥睨，乃是翰墨家生平所养之气。峥嵘奇崛，磊磊落落，如屯甲联云，时隐时现，人物草木、舟车城郭，就事就理，令观者生入山之想乃是。"

杨万里《过松源晨炊漆公店·其五》曰："莫言下岭便无难，赚得行人错喜欢。正入万山圈子里，一山放出一山拦。"此诗似为畅弟所写。畅弟原在待遇丰厚的银行工作，我酒后谈起人之性灵自由与人生羁绊的解除，让他毅然放弃体制内稳定的工作，开始追逐自己的文学之梦。吃遍苦头，尝遍人间冷暖而终有所成，现出版有长篇小说《上河图》《险招》，另发表有短篇小说、散文多篇，在影视创作方面也屡有进步。可能受我的影响，也开始关注森林、树木及相关的历史文化现象，查阅与研究了不少相关文献，花了数年工夫写下《嘉木中国》。我看到初稿，除了喜欢其写作风格与语言外，其搜集史料之广、之精、之准，也使我极为惊讶。畅弟的爱好除了喝酒，就是读书，不修边幅，不理不善之目光而旁若无人，正可谓"物外清吟唯独乐，人间宠辱何惊。"

今录骆宾王《夏日游山家同夏少府》一诗赠予畅弟并作为结尾，或与弟一生暗合：

返照下层岑，物外狎招寻。
兰径薰幽珮，槐庭落暗金。
谷静风声彻，山空月色深。
一遣樊笼累，唯余松桂心。

周 默

北京大学美学与美育研究中心　研究员

二〇二一年三月二十二日

缘起·故乡的木头和木匠们

　　少年读词，印象最深的，便是辛弃疾《鹧鸪天·有客慨然谈功名》。这首词，既有"壮岁旌旗拥万夫，锦襜突骑渡江初"的豪迈，又有"却将万字平戎策，换得东家种树书"的悲怆。读到这首词时我十四岁，正是初中毕业的那年。遥想如此英雄，"骏马宝刀俱一梦，夕阳闲和饭牛歌"，少年的心啊，碎成了八瓣儿。

　　少时读书不求甚解，窃以为词中的"种树书"是泛指，却未料历史上真有这本书。俞贞木，吴县（今江苏省苏州市）人，约生于元至治元年（1321年），卒于明建文三年（1401年），曾任乐昌、都昌知县，他注意观察农事，于明洪武十二年（1379年）写成了《种树书》。

　　辛弃疾是南宋人，此书的成书时间明显晚于辛词，所以词中的"种树书"肯定不是指俞贞木所著的《种树书》。那么，宋及宋以前，有没有"种树书"呢？

　　当然有。

　　先秦之时，《诗经》《尔雅》《夏小正》《管子》等著作里就有许多关于树木识别、分类、习性等的记载，《周礼》更是强调"土宜之法"，其后又有《氾胜之书》《齐民要术》《桐谱》《竹谱》等皇皇巨著。辛弃疾要种树，可依之书不要太多。

　　我的故乡在洞庭湖畔，丘陵连着平原，山上年年种树，我也跟着大人们年年挥锄。故乡常见的是杉树和松树，另外还有苦楝、香樟、柞榛、梓、桑、桃、梨、桐、槐、杨等数十种。故乡众树，我最爱苦楝。

　　宋人何梦桂《和昭德孙燕子韵》写道："说著兴亡事不同，且斟玄玉驻颜红。云轩梦断宫花老，采缕盟寒墓草丰。处处社时茅屋雨，年年春后楝花风。人间不是无栖处，要认当年旧媪翁。"何梦桂说"年年春后楝花风"，那是有依据的。宋人徐俯诗曰："一百五日寒食雨，二十四番花信风。"所谓"花信风"，是花开时吹过的风，因这风应花期而至，所以有"信"。"二十四番花信风"以梅花风为首，楝花风为终。楝花过后，春天结束，夏天来临。宋人谢逸有一首《千秋岁》，就是写楝花终后的情形："楝花飘砌，蔌蔌清香细。梅雨过，苹风起。情随湘水远，梦绕吴峰翠。琴书倦，鹧鸪唤起南窗睡。密意无人寄，幽恨凭谁洗。修竹畔，疏帘里。歌余尘拂扇，舞罢风掀袂。人散后，一钩淡月天如水。"

屈原投汨罗江而死，楚人怀念他，每逢他的祭日，就用竹筒装了米投到江里供他享用。后来屈原托梦说，你们投的食物我吃不到，都被江里的蛟龙抢走了。楚人急了，说那怎么办？屈原又托梦说，你们用楝树叶把筒口塞住，再用五色丝线捆好，蛟龙就抢不走了，因为它最怕这两样东西。所以楝树叶又有避邪的作用。

宋人罗愿说，楝树"叶可炼物，故谓之楝"，又因楝果苦，也叫苦楝。罗愿还说，苦楝树"子如小铃，故亦曰金铃子"。苦楝自小就苦涩无比，但等她长成大树，就会在月圆之夜悄悄渗出一滴滴金黄色的眼泪，所以人们又叫她"月亮泪"。

苦楝谐音"苦恋"，所以苦楝又象征爱情。在台湾，苦楝树常常和相思树栽在一起，春天来临时，黄花盛开，紫花萌芽；黄花落尽，紫花初生。"相思"依着"苦恋"，叫人莫不断肠。

在我的家乡，夫妻若生了女儿，必在房前屋后栽上几棵苦楝，待其长大成人，便砍了这树作嫁妆。苦楝木颜色杏黄，纹理雅淡，农人喜之为器。另外，楝果可以酿酒。记得孩提时，苦楝酒七角五分钱一斤，供销社还时不时断货，属于紧俏物资之列。那会儿生活艰苦，农人们一年也吃不上一回肉。有人在橱柜里常备一块猪皮，出门时在嘴上擦擦，于是满嘴油光，以显示他家境优渥；若嘴上还残留有苦楝酒的气味，那必定能收获满村人的羡慕。那得意劲儿，啧啧，给个县长都不换！

故乡人为器，最常用的还是杉木。我在散文《那种美来自天籁》里写道："杉木是乡亲们公认的好木材。杉木轻便，木质细腻，娶妻嫁女，若是能置办一套杉木家具，那家人的脸上便甚是荣耀。老家没有栽种樟树的习惯，偶有樟木制的衣箱小匣，必如传家宝一般。另外还有一种楸树，木质坚韧，却极难生长，是做扁担的好材料。据说在很远很远的平江县的深山里，产一种叫'楠木'的珍稀木材，既是珍稀，我们也就无缘得见了。"

做扁担的材料除了楸木，还有桑木、楠竹等。湖南有首著名的民歌《挑担茶叶上北京》唱道："桑木扁担轻又轻，我挑担茶叶出洞庭。"楸木性硬，适宜挑重担；桑、竹性软，扁担承重多不能超过百斤。槐木性阴，是"鬼木"，乡人多不喜。其实槐树也做过不少好事儿，比如给董永做媒娶了七仙女。

乡人亦不喜杨。老家湖畔、江边多植意大利杨，此树生长迅速，不惧水淹，故多为防浪之用，近年又砍伐一空，据云其"破坏环境"。杨树喜水，春天扬花，正应了"水性杨花"一说，乡人以其性淫，故不喜。其木多虫洞节疤，性软，大材少，纹理拙劣不可观，委实难以成器，多做烧柴或包装箱之用。

凡有村落处必有匠人。我的堂兄是村里资历最深的木匠之一，唤作"玉木匠"。玉木匠长得敦实周正，虽不"如玉"，也是乡间少见的俊美后生。因为身怀手艺，他娶妻很容易，用范雨素的话说，堂嫂是一个"如春天的洋槐花一般朴实的妻子"。他所做器物的特点是结实，结实到什么程度呢？一条板凳可重十余斤，一挑水桶可重二十斤。记得小时候母亲挑水，边挑边叹气："这个玉憨包呀！"是叹桶重，挑起来太费力。另一个特点是耐用。四十多年过去，乡亲们家里还有他年轻时做的家具，榫卯仍严实如初。不过，玉木匠不爱学习，20世纪七八十年代时兴"捷克式家具"，他的生意就差了许多；再后来时兴保丽板、三合板，他的生意就更差了，现在基本没人请他做活儿了。但他不恼，仍笑眯眯地和我那洋槐花嫂子就着一碗炖南瓜，能喝一斤酒，两人相互监督，谁也不能馋嘴多喝。

玉木匠的师傅是汉木匠。汉木匠脾气大，徒弟蠢笨，他动不动就拳脚相加。有一回他收了个笨徒弟，同一个问题讲了三次仍不解，气得他抡起钉锤照着徒弟的脑袋就是一锤。徒弟吓得魂飞魄散，逃回家中死活不敢再来。汉木匠多才多艺，还是乡间的草药郎中。有一次，有个乡亲割稻子割伤了左手请他诊治。他闭眼诊脉，半晌睁眼道："根据脉相看，伤的是左手。"一干人都笑疯了，说："老子也晓得伤的是左手！"

保木匠的手艺是公认最好的，常年在外做活，能做最时兴的款式，所以有资格看不起汉木匠、玉木匠。他去过长沙、益阳和常德，后来娶了个澧县的贤惠媳妇，生了一双胖墩墩的儿子。有一晚他和义木匠结伴回家，正是夏夜，懊热异常，农人们不分男女皆睡在屋外的竹床上。两人一个个看过去，最后把睡得死沉死沉的秀姑连竹床一起抬到稻田中央轻轻放下，然后溜走了。稻田里的蚊子一抓能成把，秀姑被咬醒，一个翻身，摔在了半尺深的烂泥里！

毛木匠的手艺如何我不知道，只是爱喝酒，有一次喝醉了，竟在田埂上睡了一夜，被蚊子臭虫咬得面目全非，幸亏不是女的，所以也没人非礼他。另一个木匠我忘其姓名，他的特点是能吃。早晨做活肚子饥，竟三次跑到厨房里问女主人："饭干水了冇得？"如今木匠早已离世，但这个笑话仍在乡间流传。

木匠之间也有秘传，小时候我偷听过一嘴。据说主人家若是得罪了木匠，那就摊上大事了！他故意让榫卯不严实，不耐用不说，还咯吱咯吱响；如果是床，他能让床招鬼，让你夜夜睡不踏实。砌屋、上梁的名堂更多，比如偷着在梁上贴小纸人、滴人血等，皆可夺人性命。我吓得冷汗直流，一直觉得天下木匠最不能得罪！

相传有个阉匠和木匠"讲狠"。阉匠在乡下也是有头有脸的人物，能阉除人之外的所有动物。阉匠说，我让你鸡犬不宁！木匠说，我让你家破人亡！阉匠立马认怂，割了两个牛睾丸请木匠喝酒，这事儿才算揭了过去。

我原本对木头及木匠不感兴趣，因为家兄的缘故，我于2000年开始接触黄花黎、紫檀等名贵木材，又接触明清家具，慢慢就喜欢上了。近二十年，我虽未专注于此，这个爱好却一直未曾放下。吾兄周默先生著有《木鉴》《黄花黎》《紫檀》等多种返本开新之作，开创了"木材的历史文化"一脉，在国内外颇有声望。我看着心动，欲东施效颦，用另一种方式诠释木材的文化内涵。

吾兄以严谨治学，我做不到，我就悄悄给你们讲些故事吧。有些故事，是从吾兄那儿直接"拿"过来的。

著名作家迟子建在其散文《木器时代》中写道："人类伴随着木器走过了一个又一个时代。树木与人一样代代相传，所以木器时代会永远持续下去。我们把木椅放在碧绿的草地上，在阳光下小憩。我们坐在书房里把一本书从木质书架上取下来，读不朽的诗句。我们把最经典的画镶嵌在木框里，使这画更接近自然和完美。我们用木勺喝汤，体味生活的那一份简单和朴素。我们用木制吊灯照耀居室，使垂落的光明带着一份安详与和谐。"

摄影：宁心。

"　所有生者的名字最终都会上了墓碑。当木质的墓碑刻上你的名字时，不朽的雨会从天而降，使你墓旁晚辈栽种的小树获得滋润。你静静地在地下听树木生长的声音吧。"

我借花献佛，把这一段温暖而柔软的文字，送给你。

周　畅

2018 年 6 月 5 日于北京

目录

○ 第一章 后皇嘉树

一、中国人的树木崇拜 /002

二、那些树仙与木妖 /010

三、哲学意境里的树木 /016

四、人与树木的因缘 /020

五、树木背后的文化 /026

　　1、海南黄花黎 /028

　　2、紫檀 /032

　　3、榆木 /036

　　4、黑柿木 /038

　　5、榉木 /040

　　6、铁力木 /042

　　7、乌木 /044

　　8、香榧木 /046

○ 第二章 木曰曲直　　　一、木材的自然属性 /050

1、弓生于弹 /050

2、观落叶而为舟 /054

3、巧工之制木 /056

4、故宫那些辉煌的木制宫殿 /064

5、雍正对木性的探索 /068

二、阴木与阳木 /070

1、民间的认知 /072

2、樟木与楠木 /073

3、至阴之木 /076

三、木材也讲究颜值 /078

○ 第三章 坎坎伐檀　　　一、木材砍伐 /086

1、没有铁器的年代怎么伐树 /086

2、铁器出现了 /088

3、明清两朝破坏性的伐木 /090

4、因伐木而引发的农民起义 /093

5、太监也悲催 /095

二、木材运输 /096

1、陆运 /096

2、筏运 /098

3、海运 /100

4、贮存 /102

三、伐木仪式与禁忌 /104

1、仪式 /104

2、禁忌 /105

四、山林非时，不升斤斧 /106

○ 第四章 构木为巢　一、原始人的住处 /112

二、宫室出现了 /116

三、中国建筑的"发育"时期 /119

四、豪劲时期 /122

五、醇和时期 /126

六、羁直时期 /128

○ 第五章 削木为器　一、原始人有家具吗 /136

二、木质家具在陶寺村出现了 /140

三、低矮家具 /142

1、春秋战国家具 /142

2、汉代家具 /146

四、高坐家具 /148

1、唐代家具 /148

2、宋代家具 /160

3、明式家具 /170

4、清式家具 /176

○ 第六章 木道即仁　一、心怀仁念 /186

二、以仁使木 /188

1、人有人设，木有木设 /189

2、木材如何搭配 /196

三、木之非仁 /206

1、古典家具的年代造假 /207

2、材料、工艺掺杂使假 /208

3、用不适当的材料做不适当的家具 /209

4、浪费材料 /209

5、唯材质论 /210

6、故意害人 /211

○ 第七章 留名青史　｜　一、一对相爱相杀的老乡 /214

1、墨子 /214

2、鲁班 /216

3、墨子与鲁班 /218

二、三个遗落在史籍褶皱里的先秦大匠 /221

三、著书立说的宋代木匠 /224

四、只羡木匠不羡仙 /226

1、"鲁班天子"元顺帝 /226

2、"木匠皇帝"朱由校 /229

五、明清两朝的大匠群体 /232

1、侍郎与尚书 /232

2、样式雷 /235

○ 后记 /239

中国人大概是这个星球上最喜欢树木的族群

摄影：宁心。

第一章：后皇嘉树

老家有个长辈姓危，名嘉树。在众多"七斤""腊狗""建国""卫红"之类的名字中，"嘉树"显得十分突兀。我少时不明其意，直到后来读屈原《橘颂》，中有"后皇嘉树，橘徕服兮"的诗句，才深为叹服。所谓"嘉树"，是对树木的美称，不仅赞美橘树的样貌美好，更是赞美了其令人折服的品质。危者，正也，再配"嘉树"，正是绝好的人名。明了诗意，再坐在屋后的橘树下吟诵"绿叶素荣，纷其可喜兮；曾枝剡棘，圆果抟兮"的诗句，心里便升腾出一种温暖的美好。这美好，既是诗给我的，也是树给我的。

中国人大概是这个星球上最喜欢树木的族群。人们不但用木头建房，还用于造船、造车、制作兵器、家具、饰物、棺材等，生活中的方方面面，都离不开木头。

一、中国人的树木崇拜 /002
二、那些树仙与木妖 /010
三、哲学意境里的树木 /016
四、人与树木的因缘 /020
五、树木背后的文化 /026

一、中国人的树木崇拜

北京延寿寺古松。摄影：宁心。

陕西有县曰"神木"，根据资料，其名源于松树。《宋史》载，建炎二年（1128年）镇西军沦没于金，金皇统年间（1141年）没于西夏，兴定初（1217年）复为金占据，立神木寨于麟州故址。州城外有神松三株，大须三人合抱，因以名寨，神木之名由此肇始。

县以木名，我由是想到"桑梓"一词。古代的人们喜欢在住宅周围栽种桑树和梓树，因为桑叶可以养蚕，桑果可以食用和酿酒，树干可以为器，皮可以造纸，叶、果、枝、根、皮皆可以入药；梓树生长迅速，其嫩叶可食，皮是中药梓白皮，木材轻软耐朽，可用于家具、建筑、乐器、棺材等。另外，包裹梓树种子的白色物质是蜡，古人点灯所用的蜡就是靠梓树获得的。《诗经·小弁》曰："维桑与梓，必恭敬止；靡瞻匪父，靡依匪母。"诗句意在说，见到桑树梓树，须得毕恭又毕敬；哪个儿子不对父亲充满尊敬，哪个儿子不对母亲充满依恋！桑梓之地，那是父母之邦，所以用"桑梓"指代故乡，就顺理成章了。三国才女蔡琰被匈奴人掳至塞外，南望中原作《胡笳十八拍》，中有句云："生冀得兮归桑梓，死当埋骨兮长已矣。"意思是说，父亲母亲啊，有生之年女儿希望回到故乡，死后能依偎在你们身旁，那我就满足了啊！

中国人对树木如此依恋，起源于原始社会。旧石器时代，中国大地上就有原始人居住。那会儿，人们"食草木之实，鸟兽之肉"（《礼记》），"古者禽兽多而人少，于是民皆巢居以避之，昼拾橡栗，暮栖土木"（《庄子》）。人们依赖草木供给食物，又爬上高树躲避野兽，后来燧人氏"教民钻木取火"，人们从此吃上了熟食。所有的这一切都离不开树木，人们自然而然就开始依恋森林，喜爱森林。

与此同时，在混沌未开的远古社会，人们信奉万物有灵，信奉神灵是万物生命的根本。因为生存条件恶劣，原始人婴儿死亡率高，人们的平均寿命极低，于是，人们向往长寿、祈愿永生。《庄子·逍遥游》说："上古有大椿者，以八千岁为春，八千岁为秋"，《韩非子·说林上》云："夫杨，横树之即生，倒树之即生，折而树之又生。"树木不但长寿，繁殖能力还强，这让原始人极为羡慕，于是树木崇拜开始出现，至今仍有许多遗迹。

粤西民间普遍存在祭祀树神的习俗。祭祀活动由族老组织，费用则由全村男丁平摊。那天，村民们穿戴一新，喜气洋洋有如过节。择一大树，列五色彩旗于树下，以烧猪为祭品（村子若大，则备猪数头），家家户户另备鸡、猪、鱼"小三牲"供奉，甚为隆重。仪式第一阶段，族老烧香、报本境社主、宣读祭文，以祈求树神保护，然后人们下跪祈祷，敬酒鸣炮，锣鼓齐鸣。第二阶段为跳神。巫师着长袍，仗剑烧纸绕树疾走，嘴里念念有词禀告树神，然后在热烈的锣鼓声中，巫师带着回避牌、八音队、锣鼓队、罗伞队、彩旗队，绕着神树转圈唱经念咒，舞之蹈之，气氛欢乐喜庆。接着鸣炮响起，村民排队磕头祭拜。最后由族老将烧猪肉分给每家摊款男丁，仪式方告结束。

鄂尔多斯蒙古族萨满祭祀活动中，有一种"祁纳尔树祭"。仪式举行时，萨满从森林中砍来枝叶茂密的白桦树，用动物毛皮和五彩布条进行装饰，然后按一定的规则立于家门口。这些树分为母亲白祁纳尔树和父亲白祁纳尔树，神灵降临和升天时，经由的白祁纳尔树各有九棵。

鄂尔多斯蒙古族的仪式比较简略，俄罗斯布里亚特共和国蒙古族人的"祁纳尔树祭"，则比较完整地保持着其原有的风貌。仪式那天，人们从树林中挑选

81 棵小树，以 8 棵为一列插在地上，然后将连根拔起的两棵大树立于其两侧上位，称为"父母"树，以五彩布条或动物皮毛装饰。在父母树的树枝上，各挂 77 个塔格塔盖（小口袋），又从"父母"树的下方，向四处栓拉以动物血染红的、系有彩带的绳索，表示四个方位。在父母树之间再栽一棵小树，上置有 3 个窝巢，因此叫做"窝树"，再挂上塔格塔盖，在每个窝巢放三个用羊毛和白面做的蛋。然后萨满带领 3 男 6 女 9 个小孩，在 81 棵树中载歌载舞，三天三夜方才结束。

哈萨克族创世神话《迦萨甘创世》说，世界最初混沌一片，创世主迦萨甘创造了天地，并把它分成地下、地面、天空三层，又用自身的能量创造了太阳和月亮，原本黑暗的世界由此清晰明亮。因为没有生命，整个大地一片死寂，迦萨甘于是在大地的中心栽下了一棵"生命树"。生命树长成参天大树，结出了一个又一个状如飞鸟的灵魂。迦萨甘不辞劳苦，又用黄泥捏了一对小泥人，在泥人的肚子上剜了肚脐眼，然后把灵魂从小泥人的嘴里吹进去。一会儿，奇迹发生了，小泥人活了过来，世界于是有了第一对男女，他们就是人类的始祖，男的叫阿达姆阿塔，意思是"人类之父"，女的叫阿达姆阿娜，意思是"人类之母"。两个小泥人长大后成婚、生子，大地上就有了人类。迦萨甘后来又创造了各种动物和植物，整个世界便显得生气勃勃、热闹非凡。

维吾尔族的民间文学也有类似的传说。《神树母亲》讲述，在很久很久以前，雪山脚下住着相依为命的父女俩，雪山半腰的妖怪想霸占美丽的姑娘为妻。老父亲以命相抗，掩护女儿逃命，但妖怪紧追不舍。走投无路之际，姑娘伤心地唱道："苍绿的树呀，我的阿娜姆（母亲）！……求您敞开胸怀，将女儿救护！"大树敞开怀抱，让姑娘躲到自己怀中，逃过了劫难。《神树母亲》讲述树就是人类的母亲，她不仅和人类一样有灵魂，还能分辨善恶，保护自己的子嗣。

在西藏林芝地区，藏人们至今仍保留着树葬的古老习俗。其实，不但是藏族、汉族、蒙古族、瑶族、苗族等许多民族历史都有树葬的习俗。鄂温克、鄂伦春等民族一直到定居前为止，仍习惯于树葬。据史书记载，古时树葬习俗有两种：一种是在并排的四棵活树上用树枝横搭一个架子，把尸骸放在上面供禽类食用，三年后把遗骸火化；另一种，是在屋顶上用树枝搭建一个架子，把尸骨放在上面，供禽类啄食，同样三年后把遗骸火化。古人认为，树木是天神下凡或灵魂升天的梯子，葬死者于树上，死者的灵魂便能通过树枝升到天堂。曹植在《桂之树行》里这样描绘：桂之树"高高上际于众外，下下乃穷极地天"，"得道之真人咸来会讲仙"，便是这种认知的记载。

与此相映证的是，在内蒙古呼和浩特市新店子乡恽河北岸，有座和林格尔汉墓，其后室木棺前的壁画中，绘有一株枝叶繁茂的巨大桂树，这显然是想借助桂树的神性，让墓主的灵魂升入天国。

美国纳尔逊 - 阿特金斯艺术博物馆（Nelson-Atkins Museum of Art）藏汉代墓室砖中，有一棵被老虎、天马环绕着的神树，很可能是神话中屡屡出现的扶桑树。《山海经·海外东经》："汤谷上有扶桑，十日所浴，在黑齿北。"东方朔《海内十洲记》："多生林木，叶如桑。又有椹，树长者二千丈，大二千余围。树两两同根偶生，更相依倚，是以名为扶桑也。"郭璞《玄中记》载："天下之高者，扶桑无枝木焉，上至天，盘蜿而下屈，通三泉。"

《山海经》还记载一种神树名"若木"，《海内经》载："南海之内，黑水青水之间，有木名曰若木，若水出焉。"《大荒北经》载："大荒之中，有衡石山、九阴山、灰野之山，上有赤树，青叶、赤华，名曰若木。"扶桑、若木皆神树，通神自然没有问题。

中国国家博物馆藏有两件北朝（公元 386 年 -581 年）金步摇，1981 年在内蒙古达尔罕茂明安联合旗出土。步摇像簪、钗一样插在发际，但饰以金玉质地

西藏林芝地区的森林。
摄影：宁心。

内蒙古阿尔山的白桦林，美不胜收。摄影：山西吴体刚。

的垂挂装饰，佩戴者在行走时一步一摇，故名"步摇"，最早出现于战国时期的文献中，魏晋时期成为常见的头饰。白居易《长恨歌》云："云鬓花颜金步摇，芙蓉帐暖度春宵。"美如杨玉环，亦需摇曳生姿的步摇增色。

这两件步摇的基座分别为马头形、牛头形，头上分出呈鹿角形的枝杈，每根枝杈梢头卷成小环，环上悬一片金叶，乍一看，就是一棵树的形状。草原的生存条件恶劣，人们希望像树木一样长寿，希望子孙像树木一样繁衍。这两件步摇，可以视作中国人树木崇拜的象征，反映了祖先对美好生活的向往。

二、那些树仙与木妖

内蒙古阿尔山的深秋。
摄影：山西吴体刚。

《西游记》第六十四回，出现了几个木系妖怪，它们的住处"木仙庵"颇为不俗：

岩前古庙枕寒流，落目荒烟锁废丘。白鹤丛中深岁月，绿芜台下自春秋。竹摇青珮疑闻语，鸟弄余音似诉愁。鸡犬不通人迹少，闲花野蔓绕墙头。

首先出场的是松树怪劲节十八公和枫树怪赤身鬼："庙门后转出一个老者，头戴角巾，身穿淡服，手持拐杖，足踏芒鞋，后跟着一个青脸獠牙、红须赤身鬼使，头顶着一盘面饼。"接着出场的"乃是三个老者：前一个霜姿丰采，第二个绿鬓婆娑，第三个虚心黛色"，分别是柏树怪孤直公、桧树怪凌空子、竹竿怪拂云叟。

杏仙的出场堪称惊艳："那仙女拈着一枝杏花，笑吟吟进门相见。"她"青姿妆翡翠，丹脸赛胭脂。星眼光还彩，蛾眉秀又齐。……妖娆娇似天台女，不亚当年俏妲姬。"

读到此处，只觉众木妖"丰采清奇"，"清雅脱尘"，有宋人的高古之风，和整天嚷嚷着要吃唐僧肉的别妖绝然不同。众妖平日里并无恶迹，邀请唐僧与会也并无恶意："望以禅法指教一二，足慰生平。""今宵盛乐，佳句请教一二如何？"姿态摆得很低。杏仙也不过是少女情怀，爱上了不该爱的人："佳客莫者，趁此良宵，不耍子待要怎的？人生光景，能有几何？"

不解风情的和尚"遂变了颜色"。"四老见三藏发怒，一个个咬指担惊，再不复言。"可见几人虽已成妖，却是难得一见的老实妖怪。杏仙更是把自己低到了尘埃里，她"赔着笑，挨至身边，翠袖中取出一个蜜合绫汗巾儿，与他揩泪"。最后，八戒"不论好歹，一顿钉耙，三五长嘴，连拱带筑，把两棵腊梅、丹桂、老杏、枫杨俱挥倒在地，果然那根下俱鲜血淋漓"。

读到此处，心里一痛。如此风姿高古的雅妖，二哥你怎么下得了手？简直毫无道理啊！

东晋干宝著《搜神记》，记载了"树神黄祖"的故事：

庐江龙舒县陆亭流水边，有一大树，高数十丈，常有黄鸟数千枚巢其上。时久旱，长老共相谓曰："彼树常有黄气，或有神灵，可以祈雨。"因以酒脯往亭中。有寡妇李宪者，夜起，室中忽见一妇人，着绣衣，自称曰："我，树神黄祖也。能兴云雨，以汝性洁，佐汝为生。朝来父老皆欲祈雨，吾已求之于帝，明日日中大雨。"至期，果雨。遂为立祠。宪曰："诸卿在此，吾居近水，当致少鲤鱼。"言讫，有鲤鱼数十头，飞集堂下，坐者莫不惊悚。如此岁余，神曰："将有大兵，今辞汝去。"留一玉环曰"持此可以避难。"后刘表、袁术相攻，龙舒之民皆徙去，唯宪里不被兵。

《搜神记》里有为善的树神，亦有作恶的木妖。《葛祚碑》载：

吴时，葛祚为衡阳太守，郡境有大槎横水，能为妖怪。百姓为立庙，行旅祷祀，槎乃沉没；不者，槎浮，则船为之破坏。祚将去官，乃大具斧斤，将去民累。明日当至，其夜闻江中汹汹有人声，往视之，槎乃移去，沿流下数里，驻湾中。自此行者无复沉覆之患。衡阳人为祚立碑，曰：正德祈禳，神木为移。

又有《秦公斗树神》一则，说秦代时，武都郡故道县有个怒特寺，祠上长着一棵梓树。秦文公二十七年派人伐树，一砍总有大风雨，树上被砍的口子跟着就合上了，一整天都砍不断，秦文公增派士兵至四十人也不行。后来有个脚受伤的士兵躺在树下，听见鬼和树神聊天：

秦若使三百人被发，以朱丝绕树，赭衣，灰坌伐汝，汝得不困耶？

在中国的神话传说中，能成仙成妖的树木大体有三种：一种是阴木，如杨、樟、松、柏、枫、柳、桧、槐等；一种是老迈枯朽后外形凶厉的树种，如榕、柳、榆等；最后是外形美丽，尤其能开出美丽花卉的树种，如梅、杏、银杏、木芙蓉、桂等等。

"槐"字拆开，是为"木鬼"，很多人据此认为槐树是不祥之木。其实，在古代汉语中，槐与官相连，如槐鼎，是比喻三公或三公之位，亦泛指执政大臣；槐卿，指三公九卿；槐衮，喻指三公；槐宸，指皇帝的宫殿等等。李时珍《本草纲目》载："王安石释云：槐华黄，中怀其美，故三公位之。"可见槐树非但本性不坏，而且自带光环。

黄梅戏《天仙配》里，槐树精的表现就令人赞叹。董永路遇七仙女，七仙女主动示爱，董永一边骨碌骨碌吞着口水，一边假模假样拒

千年古槐。摄影：周默。

湖南省华容县终南山上的刺槐花。摄影：周默。

绝："大姐说话欠思忖，陌路相逢怎成婚。"槐树精看不过眼，跳出来唱道："你与大姐成婚配，槐荫与你做红媒。"两人在槐树下成婚，"你耕田来我织布"，从此"比翼双飞在人间"。后来七仙女无奈回归天庭，和董永在老槐树下难舍难分，"树上刻下肺腑语，留与董郎醒来瞧，来年春暖花开日，槐荫树下把子交。"树虽无言，但落叶如雨，我相信，那是老槐树伤心的泪水。

山西省洪洞县建有大槐树公园，因为那里生长着一棵天下闻名的大槐树。明初，因为多年的战争与杀戮，天下荒芜，多地人烟稀少。朝廷为了"田野辟，户口增"，从明洪武二年至永乐十五年近50年间，大槐树下发生大规模官方移民18次，涉及1230个姓氏，主要迁往京、冀、豫、鲁、皖、苏等18个省。经过六百年的辗转迁徙，繁衍生息，而今全球凡有华人的地方就有大槐树移民的后裔。

唐代这里有广济寺，寺旁汉朝古槐，树身数围，荫蔽数亩，明初农民大迁徙后，寺、树皆毁于汾河大水。也就是从那时起，"问我祖先在何处，山西洪洞大槐树。祖先故居叫什么？大槐树下老鹳窝"这首歌谣传唱了六百年。吴晗在《朱元璋传》中写道："迁令初颁，民怨即沸，至于率吁众慼。惧之以戒，胁之以劓刑。"著名作家李存葆在散文《祖槐》里写道："大迁徙中，移民双手被绑，在官兵的押送下上路，凡大小便，均要向解差报告：'老爷，请解开手，我要小便。'长途跋涉，大、小便次数多了，口干舌燥的移民，便将这种口头请求趋于简化。只要说声'老爷，解手'，彼此便心照不宣。于是，'解手'便成了大小便的同义语。"

三、哲学意境里的树木

散木成林，乌、鹊栖之。
摄影：崔憶。

　　树木对人类的物质生活及精神生活都如此重要，它自然而然地就走进了中国人的哲学里。

　　"木"是个象形字。《说文》言："木，冒也。冒地而生。东方之行，从草，下象其根。"一句"冒地而生"，我们便可想象其勃勃生机。春秋时期，五行说开始出现。按其学说，春天花草树木生长茂盛，树木的枝条向四周伸展，养料往枝头输送，所以春属木。

　　五行对应五常，即木主仁、金主义、火主礼、水主智、土主信。木主仁，其性直、情和、味酸、色青。命理学家们据此认为，木盛之人犹如树木葱郁之时，其骨骼匀称、身材修长、手足细腻、口尖发美、面色青白，故而长相丰姿秀丽，为人有博爱侧隐之心、慈祥恺悌之意，清高慷慨，质朴无伪；木衰之人则如生病凋零之木，其个子瘦长，头发稀少，性格偏狭，嫉妒不仁；木气死绝之人犹如枯死之木，其眉眼不正，项长喉结，肌肉干燥，为人鄙下吝啬。

　　《礼记》载："上下相亲谓之仁。""仁"是儒家文化的核心之一，这大概是中国人对木头异常喜爱的根本原因吧。

《庄子·内篇·人间世》记载了一个故事：匠人石去齐国，途经曲辕，看见一棵被世人当作神社的栎树。这棵栎树"其大蔽数千牛，絜之百围，其高临山，十仞而后有枝，其可以为舟者旁十数。"各地赶来观看这棵树的人数不胜数，热闹得如赶集。但匠人石略不回顾，昂然直行。他的徒弟忍不住了，说："师傅啊，自从我拜你为师，从来没有见过如此巨大的美材，但您却不肯多看一眼，这是什么道理呢？"师傅看着小徒弟稚嫩的脸庞，说了一段在中国哲学史上有名的话：

已矣，勿言之矣！散木也，以为舟则沈，以为棺椁则速腐，以为器则速毁，以为门户则液樠，以为柱则蠹。是不材之木也，无所可用，故能若是之寿。

这段话的意思是说："算了吧，不要再说它了。这是一棵没有什么用处的'散木'，用它造船会沉，做棺椁会很快腐朽……这是不能取材的树，正因无用，所以它才能长寿啊！"

良材因"有用"而被伐，散木因"无用"而长寿，中国的哲学家们因此争论了数千年。《庄子·逍遥游》中，继续讲到了这个问题。惠子对庄子说："我有棵大树，人们都叫它'樗'。它的树干疙里疙瘩，不符合绳墨取直的要求；它的树枝弯弯扭扭，也不适应圆规和角尺取材的需要。虽然生长在道旁，木匠连看也不看。现今你的言谈大而无用，大家都会离你而去的。"庄子语重心长地说：

……今子有大树，患其无用，何不树之于无何有之乡，广莫之野，彷徨乎无为其侧，逍遥乎寝卧其下。不夭斤斧，物无害者，无所可用，安所困苦哉！

庄子这段话的大意是："你有这么大一棵树，却担忧它没什么用处！你怎么不把它栽种在虚寂的乡土，广漠的旷野，然后可以悠然自得地漫步于树旁，优游自在地躺卧于树下。大树不会遭到刀斧砍伐，也没有什么东西会去伤害它。虽然没什么用，但它也没有什么困苦啊！"

庄子愿意做这样一棵"无用"之树，然后在"无何有之乡，旷莫之野"自由生长。在《山木》一篇，庄子作了进一步的阐述：

庄子行于山中，见大木，枝叶盛茂，伐木者止其旁而不取也。问其故，曰："无所可用。"庄子曰："此木以不材得其天年夫。"

出于山，舍于故人之家。故人喜，命竖子杀雁而烹之。竖子请曰："其一能鸣，其一不能鸣，请奚杀？"主人曰："杀不能鸣者。"

明日，弟子问于庄子曰："昨日山中之木，以不材得终其天年；今主人之雁，以不材死；先生将何处？"

"材"与"不材"关系到生死，这的确是个两难的问题。那么，庄子将会怎样回答弟子的疑问？

庄子笑曰："周将处乎材与不材之间。材与不材之间，似之而非也，故未免乎累。若夫乘道德而浮游则不然。无誉无訾，一龙一蛇，与时俱化，而无肯专为；一上一下，以和为量，浮游乎万物之祖。物物而不物于物，则胡可得而累邪！此神农、黄帝之法则也。若夫万物之情，人伦之传，则不然。合则离，成则毁；廉则挫，尊则议，有为则亏，贤则谋，不肖则欺，胡可得而必乎哉！悲夫！弟子志之，其唯道德之乡乎！"

这段话中，庄子提出了一个很重要的概念："物物而不物于物"。役使外物，而不要被外物所役使，那么，就不会受到外物的拘束和劳累。庄子认为只有"人与天一也"（《山木》），达到全"道"的自然状态才可以逍遥："汝游心于淡，合气于漠，顺物自然而无容私焉，而天下治矣"（《庄子·内篇·应帝王》）。这种处于无为、无为而治的朴素的观念，是庄子"散木"情结的核心。

四、人与树木的因缘

西藏波密，
受伤的古树。
摄影：宁心。

《搜神记》记载了一个《伐树出血》故事："建安二十五年正月，魏武在洛阳起建始殿，伐濯龙树而血出。又掘徙梨，根伤而血出。魏武恶之，遂寝疾，是月崩。是岁，为魏文黄初元年。"

"濯龙树"是啥树，我真不知道，但树木出"血"的情况还真有。右图是泰国孔敬府刚采伐的花梨，其树液有如鲜血。

这个故事告诉我们，树与人同，有血有肉，亦有情感，一不小心，老树便成神成妖，没事儿千万别惹它。

其《木生人状》也挺玄乎：

成帝永始元年二月，河南街邮樗树生枝如人头，眉目须皆具，亡发耳。至哀帝建平三年十月，汝南西平遂阳乡有材仆地生枝，如人形，身青黄色，面白，头有髭发，稍长大，凡长六寸一分。京房《易传》曰："王德衰，下人将起，则有木生为人状"。其后有王莽之篡。

在乡下，农人们不肯砍伐古树，便是这个原因。古人坚信，树木不但自身能成神，人还能通过它与鬼神沟通。在去世的先人们坟上栽种树木，那么子孙便能与先人们互通信息，继续聆听先人的教诲，知道他们在那边过得好不好。

泰国孔敬府刚采伐的花梨，其树液有如鲜血。
摄影：泰国杨明。

泰国孔敬府刚采伐的花梨。
摄影：泰国杨明。

再想古人习惯用树木作为氏族的图腾，便很容易理解了。

天安门城楼前，矗立着一对汉白玉雕刻的华表。华表产生于公元前 2 世纪，又称"诽谤木"，是表示王者纳谏或指路的木柱，用今天的语言表达，华表称得上是人类最早的舆论监督工具。我们再往前溯，"诽谤木"的前身即为氏族的图腾柱。

图腾研究专家认为，我国古代的姓氏即是图腾，从当今人们的姓名还能看出历史上图腾文化的些许痕迹。与树木有关的姓氏，如斟姓的远古图腾为桑葚，曹姓的远古图腾为枣，姚姓的远古图腾为桃。在贵州普安县，传说贵州花苗的始祖为一种树木，后来生下桃树和杨树，因此形成了杨姓和姚姓两大氏族，再后来，又繁衍分化为九大支系，形成了今天分布在贵州各地的苗族。

我国最早有史可考的图腾柱，应该是少昊氏的鸠鸟图腾。东晋的王嘉在《拾遗记》里，讲了一个浪漫的故事：

皇娥是个活泼好动的美丽姑娘，她的工作是在璇宫织布。织布工作枯燥单调，姑娘早就厌烦了。某一晚，她耐不住寂寞悄悄出宫，驾着偷来的木筏随兴而行，不知不觉漂泊到了烟波苍茫的穷桑之浦。在这里，她邂逅了一位自称白帝之子、"容貌绝俗"的美男子，两人一见倾心，于是泛舟海上，抚琴唱歌，乐而忘返，不知今夕何夕。为了纪念他们的爱情，两人"以桂枝为表，结薰茅为旌，刻玉为鸠，置于表端。"他们把一只玉鸠放在桂枝的顶端，竖立在氏族的门前，这便是中国最早的图腾柱。中华民族共同的图腾柱，便是古老的华表。

时代发展到今天，在氏族门前竖图腾柱的习俗早已消亡，但一些偏远山区，仍然可以看到图腾文化的遗存。在河北燕山深处的一些村庄，村民们至今仍有"绕椿树"的习俗。当地人认为，绕着又高又大的椿树参拜，小孩就会长得又高又壮。在浙江余杭、丽水等地，盛行一种淳厚的民风，每家生下孩子后，都要种下一棵树，称之为"同龄树"，盼望孩子像树木一样茁壮成长。丽水等地至今仍盛行为新生儿女造"贺生林"的风俗，当地流行的民谚是"十八年树木成材，十八年儿女成人"，人们以树喻人，期盼儿女降生后像树苗一样满地生根，根深叶茂，待儿女成人男婚女嫁时，又可以利用长大的林木，作为操办婚事的财源。

长期和树木相处，树木自然也就成了人们寄托情感的载体。自《诗经》"昔

我往矣，杨柳依依；今我来思，雨雪霏霏"的诗句流传后世，折柳相送的习俗一直未曾断绝。有唐一朝，若逢春夏，灞桥外的长亭上，日日可见洒泪折柳的人们。有人说，"柳"谐言"留"，折柳，自然是想希望亲人、朋友留下来，不再有离别之痛。

临别折柳，实际上还有更深一层的意思。柳树种类繁多，有包括旱柳、腺柳、垂柳、枫杨等十几种，是一种广生态幅植物，它最大的特点，是对环境的适应性很强，在肥沃的平原、温暖的南方可以生长，在贫瘠的山地、恶劣的盐碱地、干旱的沙漠边缘、寒冷的草原上也可生长，其生命力之顽强，令人惊叹。中国人常说："在家千日好，出门时时难。"折柳，就是希望离别的亲人、朋友，要像柳树一样随处可活，到了他乡要随遇而安、一切顺遂。理解了这层含义，我们再回过头来读"年年柳色，灞陵伤别"、"客亭门外柳，折尽向南枝"等诗句，真是肝肠寸断，久久不能释怀。

唐朝安史之乱后，著名的歌者李龟年流落江南，以卖唱为生，恰逢好友王维。江湖飘零，倏忽西东，心怀郁郁的王维写下了流传千古的《江上赠李龟年》："红豆生南国，春来发几枝。愿君多采撷，此物最相思。"此诗借物咏怀，朴实明快，据说李龟年每每演唱此曲，歌者、闻者莫不潜然泪下。数千年后，这些诗句仍然强烈地感染着我们，所以红豆又称"相思子"。今天，红豆不但是友谊的见证，更是情人间互赠的定情之物。

《搜神记》载有一则《相思树》的故事，读之令人潸然泪下：

宋康王舍人韩凭娶妻何氏，美，康王夺之。凭怨，王囚之，论为城旦。妻密遗凭书，缪其辞曰："其雨淫淫，河大水深，日出当心。"既而王得其书，以示左右，左右莫解其意。臣苏贺对曰："其雨淫淫，言愁且思也。河大水深，不得往来也。日出当心，心有死志也。"俄而凭乃自杀。其妻乃阴腐其衣。王与之登台，妻遂自投台。左右揽之，衣不中手而死。遗书于带曰："王利其生，妾利其死。愿以尸骨，赐凭合葬。"王怒，弗听。使里人埋之，冢相望也。王曰："尔夫妇相爱不已，若能使冢合，则吾弗阻也。"宿昔之间，便有大梓木生于二冢之端，旬日而大盈抱，屈体相就，根交于下，枝错于上。又有鸳鸯，雌雄各一，恒栖树上，晨夕不去，交颈悲鸣，音声感人。宋人哀之，遂号其木曰"相思树"。相思之名，起于此也。南人谓此禽即为韩凭夫妇之精魂。今睢阳有韩凭城，其歌谣至今犹存。

相似的例子还有很多，如连理树象征爱情，菩提树象征佛教等等。树本无辜，只不过是人们美好情感的寄托罢了。

晚清政坛上，左宗棠是一个如雷贯耳的名字，他一生功勋卓著，但传诵最广的，

红豆。摄影：周默。

却是他率众在西北植树的事迹。清代诗人杨昌浚有《恭诵左公西行甘棠》一诗："大将筹边尚未还，湖湘子弟满天山。新栽杨柳三千里，引得春风渡玉关。"

1876年4月，年过花甲的左宗棠率八万湖湘子弟西征新疆。此时河西地区"赤地如剥，秃山千里，黄沙飞扬"，左宗棠因令军士人人随身携带树苗，一路走一路栽，自己也亲自携镐植柳。自古河西种树最为难事，可在左公的倡导督促下，竟然形成道柳"连绵数千里，绿如帷幄"的塞外奇观。后人感怀，将左宗棠和部属所植柳树称为"左公柳"。光绪三十二年即1906年，官府在古驿道旁贴了一张告谕："昆仑之阴，积雪皑皑。杯酒阳关，马嘶人泣。谁引春风，千里一碧。勿剪勿伐，左公所植。"而此时，左宗棠已经去世21年。

酒泉市泉湖公园内建有左公祠，立有左公像，还遗存有3株左公柳，据考证，是左宗棠于1879年（清光绪五年）所植。相传左宗棠驻酒泉时，一次出大营散步，看到一头拴在树上的驴正在啃树皮，他下令将驴斩杀，将驴头挂于树上通告民众："再有驴毁坏树木，驴与驴主人同罪。"

如果说"左公柳"体现了后人对祖先的怀念与崇敬，那么，坚韧不拔的胡杨树，则寄托了沙漠人的梦想与精神。

胡杨树是随青藏高原隆起而出现的古老树种，也是沙漠中唯一的乔木树种。为了适应干旱，胡杨树长出了大小两种不同的叶子，大叶子是为吸收阳光，小叶子是为减少水分散失。小叶片上有蜡质，能够锁住每一滴水。胡杨树的主根，可以深入地层一百多米，只要地下水位不低于4米，它就能自在地生长；地下水位跌到6-9米后，它依然能顽强求生；胡杨的细胞有特殊的机能，不受碱水的伤害，并能从中吸取水分和养料；胡杨还能抵抗最高45℃和最低-40℃的极端气温的考验。因此，胡杨又被称为"英雄树""不朽的胡杨"，因为它生而一千年不死，死而一千年不倒，倒而一千年不朽。

夕阳西下，漫步于沙漠边缘，看着那一株株伟岸的胡杨在如金的光明中傲然挺立，你就会感叹生命的不屈与坚韧，就会静静思考命运的幸与不幸。太阳慢慢沉下去，胡杨树只剩下黑色的剪影，仍然仁立的你，勇气会从心底里悄然而生，生命亦会悄然圆润。

五、树木背后的文化

堂前竹疏，虚槛静。
摄影：崔忆。

中国人爱花爱草爱树，素有传统。陶潜爱菊，郑板桥爱竹，唐寅爱桃花，周敦颐爱莲。苏东坡写下了"宁可食无肉，不可居无竹"，陈毅写下了"大雪压青松，青松挺且直"的诗句。李清照"轻解罗裳，独上兰舟"，小船儿须用兰木建造，其雅至此；谢灵运"白云抱幽石，绿筱媚清涟"，柳宗元"嘉木立，美竹露，奇石显"，白居易"一树春风千万枝，嫩于金色软于丝"，李白"愿君学长松，慎勿作桃李"。屈原更甚："扈江离与辟芷兮，纫秋兰以为佩。""朝饮木兰之坠露兮，夕餐秋菊之落英。"王逸解释说："行清洁者佩芳。"张德纯说："兰芳秋而弥烈，君子佩之，所以像德，篇中香草，取譬甚繁，指各有属。"

宋人林逋隐居西湖孤山，植梅养鹤，终生未娶，人谓"梅妻鹤子"。沈括《梦溪笔谈》："林逋……常畜两鹤，纵之则飞入云霄，盘旋久之，复入笼中。逋常泛小艇，游西湖诸寺。有客至逋所居，则一童子出应门，延客坐，为开笼纵鹤。良久，逋必棹小船而归。盖尝以鹤飞为验也。"

中国传统古典家具的用材范围并不大，硬木包括黄花黎、紫檀、花梨、酸枝、乌木、鸡翅、铁力、黄杨等，软木包括金丝楠、榉木、榆木、柏木等，这些木材每一种都有着丰厚的、与中国人息息相关的历史文化，深得中国人的喜爱与认同。近些年，市场上新出现的诸多木材如卢氏黑黄檀、巴花、非花、血檀等，其品质也还不错，却与我们颇有隔膜，怎么也喜欢不起来。

多年前，我和友人一起游览岳阳楼，听到一个外地口音的男子说："我们那里也有楼，修得比岳阳楼还要气派，咋就没人去旅游呢？"

山不在高，有仙则名；水不在深，有龙则灵。岳阳楼之所以闻名于世，是因其背后有深厚的历史文化作为支撑。土豪们掷钱修楼，哪怕比岳阳楼气派百倍，其内涵苍白如纸，又如何能忽悠游客？

中国人钟爱与中国历史文化相关的树木，便是这个道理。

位于杭州西湖孤山北麓的林逋墓。摄影：周默。

1、海南黄花黎

唐朝陈藏器著《本草拾遗》谓：花黎木"出安南及南海，用作床几，似紫檀而色赤。为枕令人头痛，为热故也。"这大概是关于黄花黎的最早记载。周默《黄花黎》介绍，海南黄花黎为中国之特产，也是中国硬木家具中唯一完全生长于中国本土的木材，主产于海南岛黎母山及其周围林区。黄花黎原名"黄花梨"，周默先生认为应以"黄花黎"名之。之所以易名，一方面是为了区别于进口的豆科紫檀属花梨木类的树种，另一方面，是因为黄花黎与海南黎山、黎族同胞有着不可割裂的历史渊源。

"花黎木……皆产于黎山中，取之必由黎人"。海南岛的原住民一般习惯性地将地名、土产或其他物品均贯以"黎"字，如黎母、黎母山、黎寨、黎语、黎锦、黎布等等，具有鲜明的海南黎族地方特色。史籍中，有多处"花黎"的记载，

海南省昌江县洪水村的船形屋与黄花黎树。摄影：周默。

如《诸蕃志》、《海槎余录》、《黎岐纪闻》及海南、广东的地方志等。"黄花黎"与"黄花梨"虽只有一字之差，却更为贴切，辨识度也更高。

《黄花黎》说，其生长于黎域，黎人视其为"神木"和"祥瑞之木"。黎人认为，黄花黎可以沟通神灵，故燃烧其根、屑、片，用以祭祖、祭神；可以镇宅辟邪，故海南家族祠堂、寺庙及其他场所的神灵牌位、神龛佛像均采用黄花黎来雕刻，棺材多用黄花黎大料对开而制；又将黄花黎视为灵丹妙药，如遇头痛、瘙痒、腹痛或其他不适，均用黄花黎煎水吞服；如遇创伤，则研碎外敷。海南不少家具，如茶几、香几、椅凳有多处缺口，就是海南黎人遇病痛应急，刀砍斧削所致。

黄花黎是海南岛黎族赖以生存的主要贸易商品，也是黎人与商人、统治者争夺生存权的有力武器。《琼志钩沉·黎人总说》谓："楠木、花梨，皆产深峒巉岩之上、瘴毒极恶之乡，故非黎人勿能取。""因此役死者往往有之。"历史上黎人因反抗花梨木采运，发生了多起冲突，其结果，直接影响到朝廷对当地的政策。

明、清两朝，海南黄花黎都是贡品。对于花黎木从黎山之中的采伐和外运的艰辛，及黎人因此而受到的苦难，清康熙三十三年任昌化知县的陶元淳描述的最为详细："昌化上供花黎木，岁岁采办，不敢有违。""今崖营兵丁……一入黎村辄勒索人夫，肩舆出入，酒浆鸡黍，攘攫罄尽。每岁装运花黎，勒要牛车二三十辆，所过村落，责令黎人放牧，或遇重冈绝岭，花黎不能运出，则令黎人另采赔补。"康熙

含鬼脸的黄花黎。摄影：周默。

黄花黎标本。收藏：梓庆山房。
摄影：宁心。

三十七年，不堪欺压的黎人首领王镇邦率众起义，战事延续一年，清、黎双方皆有死伤，清廷将激起起义的守军游击詹伯豸、雷琼道成慎泰、把总姚凤三人革职解任，两广总督石琳、巡抚肖永藻降级留任。

乾隆三十一年，两广总督杨廷璋、广东巡抚王检上奏朝廷，建议在黎区设立交易市场，让黎人将花黎木作为商品正常交易，以使黎人生计有靠；每年例办的进贡花黎木，先张榜公布，并预付资金；凡有公差，官府只能差遣黎头，不能直接向黎人摊派。此议考虑了黎人的利益和黎区的安定，乾隆皇帝御批："如所议行。"此后，海南黎人再没因采运花黎木起过冲突。

《黄花黎》作者周默先生感叹道："很难想象，有一种植物与当地的联系那么深刻与紧密，其信仰、崇拜与黎族同胞紧密相连。"

黄花黎用于家具制作究竟起于何时，由于文献和实物的匮乏，我们不得而知。明代中期以后，由于花黎家具的流行，造成国内的花黎木一木难求，于是皇家贵族和官商豪富便通过海关和私营商贩等途径大量搜求进口原料，产于东南亚及南洋地区的热带名贵木材开始源源流入内地。正是因为如此，花梨木、类花梨木及其他硬木品种陆续被发掘出来，家具材色日趋繁多。

黄花黎标本。收藏：梓庆山房。
摄影：宁心。

2、紫檀

前些年，有人接受记者采访，说"坎坎伐檀兮"里的"檀"，就是现在我们所使用的紫檀，从而证明中国人自春秋起，就已经开始利用紫檀。但此说不确，据周默先生考证，此檀非彼檀，诗经里的"檀"，实为产于我国多地的落叶乔木——青檀。

市场上以"檀"为名的木材有多种，比如红檀、绿檀、黄檀、黑檀、紫光檀、黑黄檀等等。檀，从木从亶。亶，善木也。"檀"的本义是有香气的木头，也可以解释为良木。由于文献的缺乏，紫檀何时进入中国不可考。晋人崔豹《古今注》记载："紫㭰木，出扶南、林邑，色紫赤，亦谓紫檀也。"说明在公元3世纪，中国人对紫檀就有了认识。

檀香紫檀活立木。摄影：周默。　　　　　　　　檀香紫檀树冠。摄影：周默。

唐朝有紫檀进口的记录，经广州港输入的商品中，就有紫檀木。唐诗中，留下了许多关于紫檀的诗行。张籍《宫词》写一个女子执紫檀琵琶弹拨的场面："黄金捍拨紫檀槽，弦索初张调更高。尽理昨来新上曲，内官帘外送樱桃。"唐和凝《宫词》也写道："金鸾双立紫檀槽，暖殿无风韵自高。含笑试弹红蕊调，君王宣赐酪樱桃。"孟浩然《凉州词》通过紫檀的纹理，写诗人绵绵缠绕的思念："浑成紫檀金屑文，作得琵琶声入云。胡地迢迢三万里，那堪马上送明君。"据说运用紫檀制作的琵琶传出的声音格外动人，人们曾用"紫檀敲寒玉，绿袍飘败荷"来形容它的美妙声音。

日本正仓院藏有唐代文物五弦琵琶，这把琵琶正反两面均有精美的螺钿装饰，背面施以鸟蝶花卉云形及宝相华文，花心叶心涂上红碧粉彩，描以金线。正面有紫檀捍拨，用来保护弦拨之处。这件珍贵文物，使我们对唐宋以来反复出现于诗人笔下的"紫檀槽"，有了直观的领会。紫檀槽是至为珍贵的乐器，唐人以得到一件紫檀槽的琵琶为贵。此类琵琶本由西域传入，后来中土尝试以紫檀木来制作。其声之妙，让文人们竞相歌咏。

宋词对紫檀琵琶的描写则更加细腻。欧阳修《木兰花》云："春葱指甲轻拢捻，五彩垂绦双袖卷。雪香浓透紫檀槽，胡语急随红玉腕。"雪香指女子肌肤的色和香，紫檀微紫的颜色和女子如雪的肌肤形成微妙的视觉色差，紫檀的香味与女子的体香相互氤氲，别有一种韵味。宋人曾觌《定风波》词中说："捍拨金泥雅制新，紫檀槽映小腰身"，也着意于弹琵琶女子与紫檀相映的风采。

此后历代诗人皆有歌咏者。中国人对紫檀的喜爱，一直持续到今天。

周默《紫檀》考证，元朝时，中国与东南亚的交往十分频繁，海上与陆上运输、贸易十分繁忙。1287年，泰国北部暹国国王昆兰甘亨（中国史书称"敢木丁"）联络北部清迈、帕摇等土邦，多次派遣使团前往中国与元朝修好。他们带来的贡品中，主要是香米、紫檀、象牙、犀角、胡椒、豆蔻等当地特产，而元朝则赠以精美的陶瓷制品、丝绸、石刻、玉雕等。

据《元史》记载，元世祖忽必烈近臣亦黑迷失出使位于印度半岛西南的马八儿国，浮海阻风。亦黑迷失在马八儿国"以私钱购紫檀殿材"，献予朝廷，忽必

檀香紫檀原木端面。
摄影：周默。

檀香紫檀建筑用材。
摄影：周默。

现存于韩国中央博物
馆的紫檀原木及陶瓷。
摄影：周默。

烈用这批紫檀建筑了历史上独一无二的紫檀殿。据史书记载，紫檀殿位于大明寝殿的西侧，东西长三十五尺，南北深七十二尺。紫檀殿的整体建筑"以紫檀香木为之"，又在殿内装饰镂花龙涎香，在墙壁上镶嵌有晶莹剔透的白玉，可谓不计工本，极尽奢华。紫檀殿建成后，忽必烈十分喜爱，将其作为款待藩属、宴饮之所，也是他最后病逝之处。

1976 年，在韩国西南部全罗南道新安郡防筑里海底，发现中国元代沉船，遂命名为"新安船"。船舱中发现的墨书木简刻于 1323 年即元至治三年，故推测该船沉没的时间不会早于 1323 年。新安船自宁波出发，行至韩国新安海域沉没。日本学者认为，新安船的目的港为日本京都。船舱装载有 28 吨商品，让人惊奇的是，舱底装有不少长约两米左右的紫檀原木，有的带有粗大的、砍削干净的树苑，这一现象是极少见的。

新安船的紫檀木，是迄今为止历史上发现的最早用于贸易的紫檀木。这一发现，不仅填补了中外紫檀贸易史的空白，也为紫檀家具及硬木家具的起源提供了极为珍贵的实物证据。

檀香紫檀标本。收藏：梓庆山房。
摄影：宁心。

3、榆木

榆木质地硬朗，纹理直而粗犷，用之为器，显得高古质朴。年长久远的榆木家具，生长轮之间会形成明显的沟壑状条纹，另有一股沧桑的况味。榆木是晋作家具最常用的木材，历来为文人所喜爱。

现藏于故宫的"流云槎"，通高 86.5 厘米，横 257 厘米，进深 320 厘米，是一件流传有序的榆木雕艺术品，雕刻的是张骞乘槎上天拜见牛郎织女的故事。胡德生先生为其撰写了这样的说明文字：

"槎，本意指木筏。天然木根泛指天然生成而非人为加工的树根。此槎由一块天然生成的榆树根稍加修整而成为一坐具，右侧卷起处有阴刻填绿篆书'流云'二字，下署赵㝢光款，并有一'凡夫'白文印。槎面及边缘刻有明代董其昌、陈继儒，清代阮元、半亩园主人以及现代王衡永题记五则。"

生长在敦煌研究院旧址的榆树。摄影: 周默。

天然木根流云槎原为明代正德时扬州新城康对山故物，曾陈于康山草堂。至清代乾隆初年，江鹤亭买其地，并以千金购得此流云槎。道光二十年（1840年），此槎偶然为阮元发现，时已尘封虫蚀，间有破损。经阮元购回修整，转赠其好友河道总督麟庆（即半亩园主人），运回北京，添配楠木云纹木座，陈放在自己的半亩园中，并收入麟庆本人编著的《鸿雪姻缘图记》。1958年，由麟庆后人王衡永修整复原，捐赠给故宫博物院。

榆木的径切面。摄影：周默。

4、黑柿木

黑柿木就是我们俗称的野柿子树木，我国、日本及东南亚各国皆有产，但以缅甸所产最优。

黑柿木的纹理别具一格，不似于其他任何一种木材，其黑白二色演绎出无数精美画面，极具禅意。自唐以来，黑柿木便入禅寺，如高僧大德之禅床、禅凳、禅椅及法器，均由黑柿木制作，寺院建筑用材及内檐装饰也部分使用黑柿木。北京大学朱良志教授在《黑柿演绎出的宋风》中说："乾隆时期印学家汪启淑《水曹清暇录》卷五中说：'二十年来士大夫皆尚黑柿漆扇'……禅宗有'不快漆桶'的说法，以寺院中常见的漆桶作比喻，来说明无一不分别的不二法门。这漆黑的木桶，就纯以黑柿木为材的。从《五灯会元》卷十五记载唐雪峰义存法嗣舒州会通禅师事，有僧问他'如何是佛法大意'，他说：'柿桶盖棕笠。'棕笠，用棕和竹篾编成的斗笠，斗笠盖在黑柿木桶上，会通以此表现不快漆桶的禅门要旨。'"

黑柿木标本。收藏：梓庆山房。摄影：宁心。

黑柿木径切面。窄长的圈状黑色纹理，不规则地荡漾开来，墨色有浓有淡，木纹有密有疏，形成一个可以多种解读的画面。摄影：周默。

黑柿木径切面。点状的黑色纹理，如荷上雨珠，又如纸上滴墨。摄影：周默。

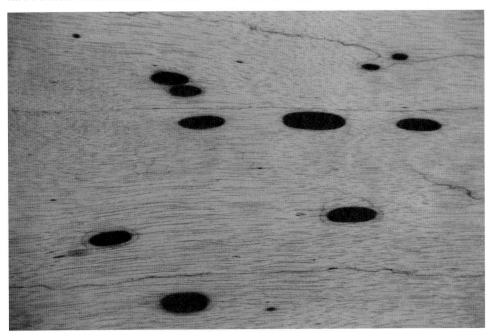

5、榉木

　　榉木色纯黄而无杂色，宝塔纹层叠有序，黄花黎、紫檀家具崛起之前，榉木家具大行其道，是明朝苏州文人及士大夫书房家具中不可或缺的器具。

　　王世襄先生于 1979 年、1980 年对苏州洞庭东、西山考察时，看到的若干件明式家具几乎全部是榉木所制，从品种、形式、线脚、雕饰，乃至漆里、藤屉、铜饰件等附属用材和物件，与流传在北京地区的大量黄花黎家具全无二致。王先生认为，洞庭东、西山，就是明及前清榉木家具的起源地。又因榉木家具与黄花黎的手法一致，只不过用材上有差异，所以找到榉木家具的起源地，也就找到了明及前清黄花黎家具的制造之乡。

生长在云南省丘北县八道哨乡矣堵村山白村民小组的榉树。
摄影：周默。

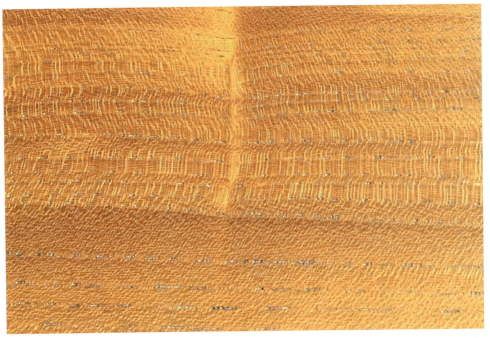

榉木布格纹。摄影：周默。

榉木标本。收藏：梓庆山房。摄影：宁心。

6、铁力木

铁力木学名格木，也是中国传统古典家具用材之一，主要分布于中国云南、广东、广西及印度、斯里兰卡、孟加拉等地。《广东新语》谓："广多白蚁，以卑淫而生，凡物皆食。虽金、银至坚亦食，唯不能食铁力木与棂木耳……铁力，金之木也。木中有金，金为木质，故也不能损。"

铁力木颜色深棕，材质极重，坚硬强韧，耐磨抗腐，不易变形；木纹通畅，经常呈现行云流水般的纹理，历来受到文人们的喜爱。明末张岱在《陶庵梦忆》中讲了一个有趣的故事：

广西博白林场的铁力木林。摄影：周默。

　　万历三十一年，张岱的二叔张联芳途经淮上，偶然见到有长六丈、阔三尺的铁力木天然几，滑泽坚润，纹理奇特，顿生喜爱之情。当时的淮抚李三才同样看中了此几，出价一百五十金，但原主人不肯卖，李三才不愿加价，两方就这样僵持住了。张联芳乘虚而入，用二百金抢得此几，然后快速装船运走。李三才闻讯大怒，派兵追之不及，废然而返。由此可见，当时的文人对铁力木及铁力木家具的喜爱之情。

铁力木边框金丝楠木面板架几案。
制作：北京梓庆山房；摄影：周默。

7、乌木

乌木在文献中记载的历史可上溯至宋。赵汝适《诸蕃志》谓："其木坚实如铁，可为器用，光泽如漆，世以为坚木。"李时珍《本草纲目》谓："体重坚致，可为箸及器物。"

周默《雍正家具十三年》中记载，受制于其特有的材性，乌木单一成器，以椅类或小型器物为主，也有用于榻、香几的，如颐和园畅观堂陈设有乌木文榻一张、乌木高香几一对；其余则多与色浅之木配合使用，如书架、搁板一般为金丝楠木或黄花黎，其余则为乌木。我们从宋朝的绘画及相关资料的记载中得知，宋朝乌木用于家具比较普遍，特别是纤细灵动的茶室家具或香室家具，小巧玲珑，沉静雅致。

从雍正时期的造办处档案来看，有关乌木及乌木家具的资料较少，似乎只有雍正六年九月二十八日有"乌木边镶檀香面香几一件"，其余则有用于边框、座子或乌木盒、匣的记述。

印度乌木原木。摄影：周默。

乌木标本。收藏：梓庆山房。摄影：宁心。

8、香榧木

　　香榧木心材黄色，纹理细密顺直，自古以来就是中、日两国制作围棋盘的首选木材。金庸喜爱中国围棋，曾收藏过一张用千年原木制成的棋盘："榧木棋盘最名贵，棋敲上去，棋盘会微微下凹，这样棋子便不会移动。收盘时，用毛巾醮热水一擦又会恢复原状。"苏东坡有诗赞美原产于江西玉山县的香榧："愿君如此木，凛凛傲霜雪。斫为君椅几，滑净不用削。物微兴不浅，此赠毋轻掷。"

　　吾兄周默曾讲过一个关于榧木的故事：20 世纪 80 年代初，他在林业部刚参加工作不久，一位 70 多岁的日本老先生辗转联系上他，要购买一些香榧木。老先生之前问了很多人，都不知道这种木头长在什么地方。这时，日本人根据他们手上一份 19 世纪的资料告诉他，在云南大理某个村落产的一种木头，就是他们需要的香榧木。吾兄颇为诧异，立马打电话给云南省林业厅，云南省林科院派人来到位于大理剑川县、兰坪县的红旗林业局实地勘察，确认日本人手上的资料是正确的。

福建光泽县榧树树叶。摄影：周默。

生长于福建省光泽县的椆树。
摄影：周默。

云南省昆明市乌龙棋具厂椆木棋
桌端面。摄影：周默。

　　当时，在浙江诸暨、富阳也有类似的木材，但日本人只要云南大理出产的香
椆木。云南的香椆木长得既丑，又瘪瘪歪歪没有一棵是正圆的，而产于浙江的椆
木则恰恰相反。但为什么日本人偏偏只要长得丑的香椆木？

　　后来日本人解释说，香椆木主要用于围棋棋盘制作。棋手下棋时要心如止水，
所以棋盘的六个看面看过去都需要呈现直纹，能满足这种需求的整挖木头，只有
云南产的香椆木，因为它很多都是扁的，椭圆形的，心材长在外面。日本人能从
树的外表看到内里，看到里面的结构和花纹，并因之规划做什么样的器物，这里
面的学问之深，让人顿生感慨。

「凡斩榖之道，必矩其阴阳」

摄影：宁心。

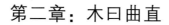

第二章：木曰曲直

《吕氏春秋》里记载了一个"生木造屋"的有趣故事：宋国大夫高阳应打算盖一所房子，木匠提醒说："不行！木料还没干，如果把泥抹上去，一定会被压弯。用新伐的湿木盖房，刚盖成虽然看起来挺不错，可是过些日子就会倒塌的。"高阳应这人是个咬卵犟，坚持说："照你的话，我这房子倒是保险倒不了——因为日后木料会越干越硬，泥土会越干越轻，以越来越硬的木料承担越来越轻的泥土，房子自然就倒不了。"他说得太有道理，木匠竟然无言以对，只好"受令而为之"。结果，"室之始成也善，其后果败。"砸没砸死人，史籍上没有记载。

一、 木材的自然属性 /050

二、 阴木与阳木 /070

三、 木材也讲究颜值 /078

一、木材的自然属性

1、弓生于弹

生长于湖南华容县周家湾的柘树，又名柞树、柞针、柞榛、榨针木。摄影：周默。

少年时读金庸《射雕英雄传》，第三回《大漠风沙》有一节哲别与博尔忽比箭的文字，让我记忆尤深：

哲别听得箭声，知道来势甚急，不能手接，俯低身子，伏在鞍上，那箭从头顶擦了过去。他当即纵马前奔，仰身坐直，哪知博尔忽有一手连珠箭神技，嗤嗤两箭，接着从两侧射来。哲别料不到对方如此厉害，猛地溜下马鞍，右足钩住镫子，身子几乎着地，那坐骑跑得正急，把他拖得犹如一只傍地飞舞的纸鹞一般。他腰间一扭，身子刚转过一半，已将适才接来的箭扣上弓弦，拉弦射出，羽箭向博尔忽肚腹上射去，随即又翻背上马。博尔忽喝声："好！"觑准来箭，也是一箭射出，双箭箭头相撞，但余势不衰，斜飞出去，都插入沙地之中。

金老先生的文字精彩之极，那也不用多说。小时候我砍后山楠竹为弓，折麻秆为箭，再削竹帽为镞，箭射出去歪歪斜斜，落在家中黄狗身上，黄狗撒娇似的"汪"一声，摇头摆尾跑过来，以为我叫它有什么事儿呢！没两天我就把弓和箭都扔了，因为我又喜欢上了打陀螺。

后来读书渐多，才知我玩过的游戏，原始人在数万年前早就玩过。成书于东汉的《吴越春秋》记载了一个故事：越王勾践欲谋吴国，范蠡于是向他推荐了善射的楚国人陈音。勾践说，我早闻你善射，但弓是怎么产生的呢？陈音说："臣闻弩生于弓，弓生于弹。弹起于古之孝子，不忍见父母为禽兽所食，故作弹以守之。"接着陈音唱道："断竹、续竹，飞土、逐肉。"

这是一首上古歌谣，后人将之命名为《弹歌》。"断竹、续竹"，先将竹竿截断，然后用弦连接两头将竹竿制成弹弓，这是描绘"弹"的生产制作过程；"飞土、逐肉"，泥制的弹丸从弹弓中射出，击中飞奔的猎物，人们满载而归，这是描绘原始的狩猎场面。

这大概是旧石器时代晚期的事儿了。祖先认识到"弓生于弹"，于是弓箭开始出现。相传弓箭是一个叫"挥"的人发明的。据《新唐书·宰相世系表》载："黄帝子少昊青阳氏第五子挥为弓正，始制弓矢，子孙赐姓张氏。"《元和姓纂》

也说："黄帝第五子青阳氏挥，为弓正，观弧星，始制弓矢，主祀弧星，因姓张氏。"张，由"弓"和"长"组成，弓长，便是黄帝的官职"弓正"的意思。

原始人最先使用的竹弓弹力小，射程不及远，力量也欠缺，于是黄帝"弦木为弧，剡木为矢"，木弓开始出现。后来人们发现，不同的木材弹力不同。在尝试了许多种木材之后，《考工记》总结道："凡取干之道七：柘为上，檍（榭栎）次之，檿桑次之，橘次之，木瓜次之，荆（牡荆）次之，竹为下。"这几种木头的材质既坚实又有韧性，射程远、杀伤力大，远远强于用其他木材制作的弓箭。至此，弓箭的发展趋于成熟。

古人们还把"弓生于弹"的原理，应用到其他兵器上。长枪是中国古老的兵器，枪杆的选材多用讲究。宋人华岳《翠微先生北征录》载，"又杆蒺藜条为上，柘条次之，枫条又次之，余木不可用。"明人程冲斗《长枪法选》载："……其木色有稠木、有檀木、有栗木，皆大木取小劈刨而成，多不坚牢易断。必选生成者为上，有檕条木，有牛筋木（赤者为佳，白者次），有茶条木，有米枯木（又名乌檕），有拓条木，有白蜡条木（又名水黄荆）。各处土产不同，各名其异。惟取坚实体直，无大杈枝节疤者为上。根头可要盈把，便好持拿，自根渐渐细至稍上。不软不硬为妙，如太软太硬，则拿捏不如意。调制如法，便好运用也。今军伍中多用竹竿，但要选苗竹，竹节稠密者佳。大抵竹不耐用，拿拦击刺之间，力大则破矣，干又自裂，可用盐卤久浸，使常有润色，略可取用耳。"吴殳《手臂录》："枪材，以徽州牛筋木者为上，剑脊木次之，红棱劲而直，且易碎。白蜡软，棍材也。"

枪杆用材须得"不软不硬为妙"，这样枪杆可以在一定程度上弯曲，在对手抵挡住枪刺之后，手腕翻转，枪头会以较快的速度绕出弧线，贴过对手的兵器以求杀敌。对方若使重兵器，柔软的枪杆又可以适当卸掉一部分劲力。我们读明清白话小说及近代武侠小说，常见高手执枪一抖，"抖出碗口大的枪花"，又或是"抖出五朵梅花"，便因枪杆柔软之故，也就是程冲斗所言"拿捏如意"之意。

另一种流行于隋唐时期的马战重器马槊，同样运用了"弓生于弹"的原理。马槊制造繁难，将优质柘木剥成大小粗细均匀的细篾，然后用桐油反复浸泡一年，直到不再开裂变形方可。将细篾取出后，用几个月的时间风干，再以上等胶漆胶合，外层缠以麻绳，待麻绳干透，再涂上生漆、裹以葛布，干一层裹一层，直到用刀砍上去槊身发出金属之声却不断不裂，这槊身才算合格。这样的槊身虽是木制，却坚逾铁石，又有木质的柔韧性，同时兼有金木之长。槊身制成之后去掉其首尾，前装精钢头，后安红铜柄，可冲锋、可近战，妙用无穷。唐初尉迟恭、程咬金、秦琼都是善用马槊的高手。《资治通鉴》载，李世民曾对尉迟恭说："公执槊相随，虽百万众若我何！"

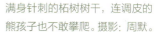

满身针刺的柘树树干，连调皮的熊孩子也不敢攀爬。摄影：周默。

2、观落叶而为舟

古籍《世本》的作者不见于史，书中所记载的时代，一说始于黄帝，不知止于何时；一说始于黄帝，止于春秋；一说楚汉之际好事者所作，终于秦末。其中有言："古者观落叶因以为舟。"落叶浮于水面，古人从中得到了启发，发明了舟。《淮南子》的记载就直接了："见窍木浮而知为舟。"成书于宋代的《事物纪原》说："燧人氏以匏济水，伏羲氏始乘桴。"

匏是葫芦。《周易·泰卦》说："包（通匏）荒，用冯河。"意思是抱着空心的葫芦渡河。桴即木筏。《尔雅》曰："桴，栫编木为之，大曰栫，小曰桴。"。

谁发明了舟，史籍上有多种说法。《事物纪原》认为是燧人氏，《世本》认为"共鼓、货狄作舟"，《墨子》说"巧倕作舟"，《吕氏春秋》说"虞缞作舟"。2002年，在浙江萧山跨湖桥文化遗址，发掘出土了独木舟及桩架结构、木桨、石锛、编织物等大量相关文物，经碳14测定，这些文物距今约7000-8000年，发现的独木舟是迄今世界上年代最早的。这次发现，对研究世界舟楫文化，将产生重大而深远的影响。

浙江萧山跨湖桥遗址出土的独木舟。摄影：周默。

跨湖桥遗址出土的独木舟局部。摄影：周默。

《周易·系辞下》："刳木为舟，剡木为楫，舟楫之利，以济不通，致远以利天下。"所谓"刳"，就是"从中间破开再挖空"，跨湖桥独木舟也是采用了这个办法。新石器时代铁器尚未出现，跨湖桥的原始人采用了"火焦法"，即先将大树"刳"开，用湿泥保护需要保留的部分，然后用火烧烤需要挖刳的部位，待其呈焦炭状后，用石锛等加工工具将已经疏松的焦炭层刳除，最后用砺石打磨完成。

夏商周时期的舟船没有留下实物，但《诗经·商颂》说："相土烈烈，海外有截。"商的祖先相土在位时，就和海外有联系，说明当时的人们已能航海。《尔雅》说："天子造舟，诸侯维舟，大夫方舟，士特舟，庶人乘泭。"这下连乘舟的等级都有了规定。《左传》记载，公元前 549 年夏，"楚子以舟师伐吴。"这是我国最早的一场水战，也说明当时的舟楫之盛。

秦始皇先后五次巡游，有四次是海巡。《史记·秦始皇本纪》载，秦始皇"于是遣徐福发童男女数千人，入海求仙人"。航海的规模的达到数千人，说明了秦朝造船业的发达，也说明了秦人具备远海航行的能力。

浙江余姚田螺山遗址出土的距今约 7000 年左右的木器，有完工的和未完工的独木舟船桨、工具柄、蝶形器等。从左至右为中国林科院殷亚方教授、姜笑梅教授、浙江永康孔文虎先生、北京可鼎先生、浙江考古所工作人员、北京大学徐天进教授、北京沈平先生。摄影：周默。

3、巧工之制木

从弓箭的发展历史，我们可以清楚地看到，古人对于木性认识不断加深的过程。五行有木，"木曰曲直"，指的是木材的自然属性，包括木材的软硬、比重、粗细、弹性、色泽，能不能抗拒虫蚀和腐朽等等。

古琴在中华民族的文化史中有着崇高的地位，它成熟于尧舜之世，定形于西周之始。故宫藏有多架古琴，是世界上藏有古琴最多的博物馆之一，其中不乏传世名琴。上佳的古琴，一直沿用桐木。相传神农氏"削桐为琴，绳丝为弦"，制作了人类历史上第一架古琴，此后"削桐为琴"的传统一直未曾改变，这是因为桐木的材质质轻而韧，导音性强，不论天气怎么变化，均可稳定音色，而且其纹理美观、色泽鲜艳，所以桐木又有"琴桐"之称。孟浩然诗曰："蜀琴久不弄，玉匣细尘生。丝脆弦将断，金徽色尚荣。"王昌龄："孤桐秘虚鸣，朴素传幽真。"白居易则说："蜀琴木性实，楚丝音韵清。"

后来大禹发现桐木耐腐，是制作棺材的好材料，于是留下了"桐棺三寸"的教诲。大禹的意思是说，用三寸厚的桐木板制作棺材薄葬就够了，无须浪费。《左传·哀公二年》："桐棺三寸，不设属辟。"《史记·太史公自序》："桐棺三寸，举音不尽其哀。"《韩非子·显学》："墨者之葬也，冬日冬服，夏日夏服，桐棺三寸，服丧三月，世主以为俭而礼之。"

公元前221年，秦亡六国，建立起中央集权的秦王朝。为了统一思想，秦始皇下令焚书坑儒，《史记》载："非秦纪皆烧之"，但有幸的是，"所不去者，医药、卜筮、种树之书。"据高亨先生考证，《诗经》原本有诗约320篇，焚书之后，剩下305篇，这便是我们俗称的"诗三百"。

从《诗经》中，我们可以看到古人对木性的了解更进了一步。《诗经》提到约50种树木，有些树名一直沿用至今，有些已经改变。如《大雅·文王之什》中的"柽"即柽柳，"楛"即山桑，"椐"即枫杨，"棫"即蕤核，柞、松、柏则沿用至今。《诗经》中还有"南有乔木，不可休思"、"黄鸟于飞，集于灌木"

之类的诗句，这说明当时已将树木分为乔木和灌木两类，在树木分类学上，这是一个了不起的进步。《尔雅》则更进了一步："小枝上缭者为乔""无枝为檄""木族生为灌"，把树木分为小枝向上的乔木、无枝而仅有主干的檄木、丛生的灌木三类。所谓檄木，指棕榈、椰子、槟榔等单子叶树木，其与乔木、灌木区别明显，将其独立出来很有道理。《尔雅》之《释木》篇记载了80多种木本植物，东汉许慎《说文解字》则记载了110多种。另外，春秋《夏小正》、先秦《山海经》以及三国沈莹《临海水土异物志》、西晋嵇含《南木草木状》、郭义恭《广志》等多种著作对树木的种类、产地等皆有记载。

《诗经》中出现了多处根据木材性质，而量材使用的记载。《伐檀》一篇中，有"坎坎伐辐兮""坎坎伐轮兮"的诗句，这是因为产于北方的青檀木质坚实致密，

山西太原晋祠之"周柏"，据传是西周所植，距今已有3000多年的历史。其树向南倾斜，恰卧于撑天柏之上，形似卧龙，又称卧龙柏。宋代欧阳修诗曰："地灵草木得余润，郁郁古柏含苍烟。"树下有"晋源之柏第一章"石刻，为明末书法家傅山所书。摄影：山西吴体刚。

韧性强、耐磨损，所以适宜造车，尤其是车轮、车辐。另外用松木作房屋的椽和柱，用柏木、松木造船，用桧木制造船桨等等，这是因为柏木、松木为有脂材，质轻耐腐，适宜造船；桧木耐腐、耐湿，适宜做船桨。

《诗经·小弁》里有"析薪杝矣"的诗句，这是告诉人们，劈木材要顺着木材的纹理劈，表明那时的人们对木材结构已经有了相当的认识。战国时荀子发现，弯曲的木柴经过火烤和矫揉可以变直，"故枸木，必将待檃栝烝矫而后直。"今日人们仍沿用这个办法处理木材。古典家具厂处理弯曲的木材，以及制作明式椅子的靠背板，仍然采用火烤和矫揉的方法。

成书于春秋战国时期的《考工记》记载，"攻木之工七"，分别是轮人、舆人、弓人、庐人、匠人、车人和梓人，分别制作车辆、弓箭、木器、房屋、宫室。比如车轴，要达到三个要求：一是要无节，二是要材质坚韧而耐用，三是轴与毂密合而转合灵活。制作车辕时用火烘烤木材，使其适度弯曲而不折断，顺着木材的纹理揉制而不开裂。

《吕氏春秋》里记载了一个"生木造屋"的有趣故事：宋国大夫高阳应打算盖一所房子，木匠提醒说："不行！木料还没干，如果把泥抹上去，一定会被压弯。用新伐的湿木盖房，刚盖成虽然看起来挺不错，可是过些日子就会倒塌的。"高阳应这人是个咬卵犟，坚持说："照你的话，我这房子肯定倒不了——因为日后木料会越干越硬，泥土会越干越轻，以越来越硬的木料承载越来越轻的泥土，房子自然就倒不了。"他说得太有道理，木匠竟然无言以对，只好"受令而

青檀。2019年1月摄于广西桂林市七星公园。

陕西周原考古现场。周原位于陕西省宝鸡市，为周人的发祥地，是周族之祖公亶父率众由豳地所迁居之处，其地有西周故都。周原被誉为"青铜器之乡"，先后出土了毛公鼎、大克鼎等国宝级青铜器。摄影：周默。

陕西周原贺家村考古现场尚未完全出土的车轮。摄影：周默。

为之"。结果，"室之始成也善，其后果败。"砸没砸死人，史籍上没有记载。

"生木造屋"的故事说明，那时的匠人已经认识到了木材干燥的重要性。现在市场上出售的有些仿古家具，用不了几年便变形、开裂，或时不时发出炸裂似的声响，就是木材未干透的缘故，犯了和"生木造屋"一样的错误。因为木性热胀冷缩，我们现在能看到的流传至今的明、清古典家具，如桌、椅、案、几等，板面上都留有一条或宽或窄的伸缩缝。伸缩缝过窄，板面容易变形起拱，过宽则不美观。

黄仲子《木工工艺》说："我们的前人为了防止木材的变形，采用了很多办法，如'板面穿梢'（又叫打串）法，边材对边材、心材对心材的拼装方法等。还有采用浸渍法和蒸煮法。"

西汉刘安所撰《淮南子·主术训》里，有这么一段话："大者以为舟船柱梁，小者以为楫楔，修者以为櫩榱，短者以为朱儒枅栌。无小大修短，各得其所宜；

所谓生木，是伐下后未经干燥的树木。图为刚采伐的缅甸垂枝柿。拍摄：周默。

缅甸仰光原木货场的花黎、柚木原木。摄影：周默。

规矩方圆，各有所施。"这段话的意思是说，大的木材用来做舟船柱梁，小的拿来做船桨、楔子，长的用来做屋檐椽条，短的拿来做短柱、横木、斗拱；无论大小长短，都将它们派上用场，规矩方圆也都恰到好处。这说明古人已能娴熟地合理使用木材，不铺张浪费，不优材劣用。

《主术训》讲述的是"人主之术"，所以刘安又说："是故十围之木，持千钧之屋；五寸之键，制开阖之门。岂其材之巨小足哉？所居要也。"因此，十围粗的木柱，却能支撑千钧重的房屋重量；五寸长的插销，却能控制大门的开关。这难道是木柱和插销的粗细长短足以胜任房屋重量和大门开关？不是的，而是因为它们处的位置太重要、太关键了。最后刘安引申道："是故贤主之用人也，犹巧工之制木也。"因此贤明的君主任用人才，就像高明的工匠裁取木料一样啊！

今人对木材的认识，就更为细微深刻了。1983年由湖南科学技术出版社出版的《木工工艺》一书，其作者黄仲子是望城县的农民，他在长期的木工实践中，对树木有了深刻的认识。他在"木材的构造"一节里写年轮："树木在生长过程中，每年形成层向内生长一层，叫年轮。每个年轮之内，靠里面的一部分是树木生长季节初期形成的，颜色较浅，材质较软，叫春材；靠外面的一部分是夏末生长的，颜色较深，组织较密，材质较硬，叫夏材或秋材。从春材过渡到夏材，有缓有急，如杉木是急变，而红松是缓变。"写边、心材："边材与心材有明显区别的，叫显心材，如红松、落叶松、杉树等；边材与心材颜色一致，无明显区别的，叫隐心材，如椴木、马尾松、樟、榉木等。"写髓心："树干中心一种柔软的薄壁组织，常呈褐色或淡褐色，叫髓心。……由于髓心组织松软，强度低，因此，对于要求高强度的用材，不能带有髓心。"写浸填体："有一些阔叶的管孔中，含有一种泡沫状的填充物，叫浸填体，如槐、檫、椆树等。由于浸填体堵塞管孔的局部或全部，降低了木材的透水性，适宜制作农具或船舶。某些木材的管孔内含有树胶或其他沉积物，如柚、柞木等。这种木材的天然耐久性都很高，缺点是加工困难，容易磨损刀具。"写树脂道："有树脂道的木材不利于油漆和装饰，如马尾松、油松等。"

由于时代和地域的原因，黄仲子并没有接触到黄花黎、紫檀等名贵木材，但他列举了几十种常见木材的木性、特征、用途，我摘抄几种：

红松（果松、海松、朝鲜松）：树皮灰红褐色，皮沟浅，边材浅黄褐色，心材淡红，材质轻柔、纹理直，易加工，耐久性强。可作建筑、车辆、家具、木模等。

落叶松（黄花松）：树皮暗灰色，皮沟深，内皮淡肉红色，边材淡褐色，心材黄白色，材质轻柔、致密，木纹平直，耐腐力强。可作建筑、桥梁、坑木等。

杉木：树皮灰褐色，纵向呈浅沟，内皮红褐色，边材黄白色，心材浅红褐色至暗红褐色，有显著的杉木气味。纹理直而匀，结松中等或粗，质地较软，富有弹性，而腐力较强，易干燥、易加工，不翘扭。剥皮后易开裂，切削易起毛。可作建筑、门窗、家具、农具、圆木制品等。

柏木：树皮暗红褐色，浅沟，边材黄褐色，心材淡橘黄色，年轮不明显，木材有光泽，松香味强，材质细密，纹理直或斜，耐腐朽，切削面光滑，干燥后易开裂，性脆。可作船舶、家具、车辆、木模等。

水曲柳：树皮灰白色微黄，皮沟纺锤形。难干燥，韧性大，纹理直，易加工。可作家具、装饰品、枪托等。

樟木：树皮黄褐色带暗灰色。边材宽，黄白色或暗红色，心材红褐色，樟脑气味浓厚。纹理交错，结构细，有韧性。刨削光滑，变形不大。可作家具、衣箱、农具、船舶、雕刻、木模、车木制品等。

槐树：树皮暗褐色，有深沟。纹理直，结构粗，刨削困难。少翘曲、不开裂。边材易遭虫蛀。可作农具、家具、船舶、把柄、扁担等。

榉树（苦榉树）：树皮灰褐色，纵向呈长鳞片。边材宽，浅黄或白色，还有的呈微红（血榉）。材质较坚硬，纹理直，结构较细。干燥后易开裂，但不翘曲，不变形。耐磨，耐腐蚀性强，木材有光泽。可作家具、门窗、农具、船舶、机械配件等。

榆树：树皮不规则裂片破落，棕色微黄带青，浸水后有黏液。边材狭，浅褐色。心材红褐色。树质坚硬，纹理直或斜，结构中等，变形较大，不开裂，易遭虫蛀，耐磨损。可作农具、家具、船舶、坑木等。

柞木：树皮黑褐色，龟裂。边材淡红褐色，心材灰黄或紫红褐色。木质坚硬，纹理直或斜，有弹性，抗压力强。加工困难，刨削面光滑，耐磨损，遇湿易腐朽。常作运动器材、车辆、农具、把柄等受压力的构件。

楝树（苦楝、楝枣、川楝子）：树皮老龄沟深裂，呈长条状，内皮黄褐色。边材淡黄色，心材淡红褐色至暗红褐色。髓心大而柔软，灰褐色。材质软硬适中，纹理直，易加工，不易变形开裂。边材易遭虫蛀。油漆和胶接性好，常作农具、家具板材，亦可作架料用材，但性脆，不耐腐。

梓木：树皮浅灰褐色，呈长条片状，内皮淡红色，边材宽，髓心明显，纹理直。材质较软，易干燥，不翘曲、不变形、不开裂，耐久耐腐。易加工，木纹顺直，光泽美观，是作家具、镜框或装饰品的上好用材。

椰木：树皮薄，淡绿褐色，有白斑。纹理直或斜，材质坚韧，结构致密，边材与心材无明显区别。富有弹性，刨削面光滑，耐磨，变形较大。可作扁担、农具、车辆、船舶、把柄及家具架料。

椿木（香椿）：树皮灰褐色，光滑。年轮大而明显。木材暗红色，髓心小而较大。纹理直，材质坚硬中等。韧性强，不变形，不翘曲。木材色泽美丽，耐腐朽，不虫蛀，易加工，是作家具、盆桶、船舶、镜框等的好木材。

4、故宫那些辉煌的木制宫殿

故宫倦勤斋内的紫檀槅扇。左侧紫红色的边框为紫檀，黄色的底子即竹簧劈成的竹丝，中间由乌木拼成各式吉祥图案。
摄影：周默。

想一睹古人"巧工之制木"的神韵，故宫便是最好的所在。

故宫是明、清两朝的皇宫，总面积达 72 万多平方米，是世界上现存规模最大、保存最为完整的木质结构的宫殿型建筑，无论是平面布局，立体效果，还是形式上的雄伟堂皇，都堪称无与伦比的杰作。故宫同时还藏有各类家具一万余件，其中有明代家具三百余件，是世界上馆藏家具种类最齐全、数量最多的博物馆。从这个意义上来说，故宫又是一座木材及木材利用博物馆。

故宫前三殿即太和殿、中和殿和保和殿，就是民间所称的"金銮殿"。太和殿矗立在紫禁城中央，是皇帝举行重大朝典之地，为中国现存最大的木构架建筑之一。它面阔十一间，进深五间，长64米，宽37米，建筑面积2377平方米，高26.92米，其巨大的穹顶，由72根楠木、黄松木大柱支撑，其中顶梁大柱最粗最高，直径为1.6米，高为12.7米。故宫建筑之所以选择楠木和黄松作承重柱，是因为这两种木材树形修伟，高者可达30米以上，纵向承重能力强，其中楠木又有芳香、耐腐、防虫蛀的特点。今天我们看到的太和殿，是康熙三十四年即1695年重建完工的。三百余年过去，这些柱子仍然矗立如昔，每天迎接往来不息的各国游客。

故宫倦勤斋因乾隆曾在符望阁内题诗中写下了"耆期致倦勤，颐养谢喧尘"的诗句而得名，是故宫最为奢华的建筑之一，也是乾隆为自己预备当太上皇而准备的住所，建筑级别很高。清廷于光绪年间对倦勤斋进行了最后一次整修，后来溥仪离开紫禁城，倦勤斋就再未修缮过，致使其破败不堪。中华人民共和国成立后，故宫屡欲修缮，但因技术难度高，只好一直搁置。

2004年，故宫博物院与美国建筑基金会合作，对倦勤斋进行抢救性保护。据周鲁生《故宫倦勤斋紫檀木文物修复技巧》一文，我们得以一窥清人对木性的理解：

第一，包镶技术使用普遍。仙楼内装饰全部采用紫檀木，隔断、门扇、群窗、槛墙采用包镶工艺，包镶板为紫檀木，包心为金丝楠木。紫檀木是硬木，金丝楠木是软木，这两种木材干燥后不易变形，而北方气候干燥，木材不易返潮。这两种木材搭配，经过近230年的考验，多数配件仍然不变形、不开裂，这说明，当时的工匠对紫檀、金丝楠木的木性十分了解，并能娴熟运用。另外，当时金丝楠木的价格远低于紫檀，采用紫檀木包镶金丝楠木的技术，既降低了造价，又不影响美观，可谓一举两得。

第二，大量使用竹材装饰。倦勤斋是紫禁城中竹簧装饰最多的地方，数以万计半毫米粗的双色竹丝，镶嵌成万字形的吉祥图案，形成了挂檐板装饰的背景。2600片和阗玉雕镶嵌在仙楼各处，点缀了每个部分的视觉焦点，在平整的裙板

武夷山光泽县刚砍伐的楠竹。
摄影：周默。

上竹丝镶嵌成有立体视觉图案，从不同角度可以观察到变幻的光影。另有 30 幅竹簧镶嵌画，工匠把 105 只鸟、100 头鹿雕凿得栩栩如生，刻痕细如发丝；宫廷画师用工笔把这些雕刻变成逼真的彩色浮雕，历经 200 多年的沧桑至今依然保留着鲜艳的色彩。

　　楠竹又名毛竹，广泛生长于我国秦岭、汉水流域、长江流域及以南地区。楠竹外表青翠，久则黄里透青，生长 5-8 年后材性稳定，材质最佳。楠竹生性强韧，纹理通直，竹簧即竹材的中间部分常用于竹刻和内檐装饰，倦勤斋就是最好的说明。

　　第三，清人已经注意到了南北气候不同对木质器物的影响。倦勤斋于乾隆三十六年开始整修建筑，乾隆三十八年六月由内务府指定两淮盐政史李质颖在扬州制作全套的内装饰配件，次年四月从扬州装船沿京杭大运河运往北京。由于南北气候的差异及当时木材干燥处理的方法问题，内装饰已多处开裂，镶嵌脱落、松散。一年半之后，即乾隆三十九年十一月二十二日清宫《记事录》载："……惟是京师风土高燥与南方润湿情形不同，各项装修俱系硬木镶嵌成做，现值冬令，间有离缝走错，并所嵌花结漆地等项，俱微有爆裂、脱落之处。奴才等详细查看其硬木漆地活计有离缝走错者，即令该工监督楦缝找补收拾完整，其玉铜花结有脱落者亦交造办处随时修整务取妥固外，惟花结内有磁片一项虽进裂只有三小块，但在京一时难于置办，奴才等愚见该盐政从前成造时或有余存亦未知，请交与李质颖坐京家人寄信顺便照式寄送数块应用，是否允协，伏候圣明训示遵行。"

清时的工匠对紫檀、金丝楠木的木性已十分了解，并能娴熟运用。楠木标本。收藏：梓庆山房。摄影：宁心。

紫檀木标本。收藏：梓庆山房。摄影：宁心。

5、雍正对木性的探索

清朝诸位皇帝中，雍正不仅有深厚的佛学造诣和汉学学养，还具有很高的审美品位。他热衷于家具的设计、制作，对木性进行了多方面的探索。据周默《雍正家具十三年》汇总，雍正时期宫中所用木材有将近五十种，既有黄花黎、紫檀等名贵木材，也有高丽木、狗奶子木、杏木、桃榔木、椴木等多种常见的木材。雍正对木性的探索，既有成功的例子，也有失败的例子。

《雍正家具十三年》记载，雍正元年八月十一日，雍正让"做杉木高梯一张，长一丈八尺。"以后又用杉木做板凳、砚盒等物。杉木木质轻，比重只有0.3左右，但直纹直丝，竖直承重能力好，做高梯既减少了自重，又方便移动搬运。杉木洁净，纹理顺直且排列有序，树龄较大的杉木年轮清晰，行话称为"红筋"，将浅黄浅白的杉木无限分割，很得文人喜爱，特别是做成家具后长时间氧化、风化，杉木家具红筋外凸面形成自然沟壑状，显得古朴、沧桑，用其做板凳、砚盒，也很适宜。

雍正六年七月初五日，雍正下旨："乾清宫东暖阁楼上着做楠木边书格六架，要安得五百二十套书，每架屉上随纱帘一件，其帘照西暖阁内书架上纱帘一样做。钦此。"这些书格每架通高八尺四寸，宽五尺六寸五分，进深一尺六寸，书格四屉，屉高一尺七寸六分，是大规格的重器。十一月初三日，做成的书格安放在乾清宫东暖阁楼上，但未及一月，楠木书板因承重过大而变形，难看不说，还使用不便。雍正想了许久，让造办处"着做杉木见柱六十根"，用以支撑变形的书板。

楠木和杉木有一点相同，即多直纹、直丝，竖直承重性良好，其横向承重性能较差，故用楠木做家具要十分慎重。乾清宫东暖阁的楠木书格体量庞大，要安放520套书承重便是一个大问题，故添做杉木见柱以分担书阁的承重，是没有办法的补救措施。此柜至今仍藏于故宫文渊阁，成为雍正皇帝探索木性的重要例证。

宫内曾用楠木做用于烤火的火箱，雍正觉得不妥，于七年十二月十四日下旨说："熏罐上的楠木火箱唯恐木性爆裂，欲再做一件备用。"

雍正的感觉是对的。楠木不仅开锯时容易顺纹开裂到底，而且遇窑干或火烤也极易炸裂，这是其重要木性之一。

清雍正紫檀有束腰西番莲云螭纹大条桌（中国嘉德
2011 年秋季拍卖会）。周默著《中国古代家具用
材图鉴》第 165 页，文物出版社，2018 年。

二、阴木与阳木

　　古人的另一个重要发现，是把木材分为阴木和阳木。《考工记》载："凡斩毂之道，必矩其阴阳，阳也者，缜理而坚；阴也者，疏理而柔。是故以火养其阴，而齐诸其阳，则毂虽敝不藃。"这句话的意思是说，大凡砍伐毂材的方法，必须刻记下树的背阳面和向阳面。向阳面的木材纹理较密而木质坚硬，背阳面的木材纹理较疏而木质柔软。因此，我们要用火烘烤背阳的一面，而使木质变得与向阳面一样坚硬。这样，即使毂用坏了，木材不会缩耗，裹在上面的皮革也不会鼓起。

　　这是古人对阴木、阳木最早的论述，此后历代的认识不断加深。我们梳理典籍，又多次实地考察，阴木、阳木大致可以这样分类：喜光向阳者为阳木，反之为阴木；生于阳坡之树木为阳木，生于阴坡者为阴木；沉于地下者为阴木；同一棵树向阳的一面为阳木，反之则为阴木。

火烤紫檀板材的阴面，这一古老工艺在当今硬木家具行仍使用。摄影：周默。

云南丽江洛固林区阳坡的树木。摄影：周默。

云南丽江洛固林区阴坡的树木。摄影：周默。

1、民间的认知

关于树木的阴阳，民间有一种自觉或不自觉的遵守。谚语云：前不栽桑，后不栽柳，两边不栽鬼拍手。"桑"与"丧"同音，不吉；"柳"不结籽，房后栽柳，主家就不会生儿子，也就没有子嗣后代；"鬼拍手"是杨树，风吹叶动，哗哗作响，如同鬼在拍手，在夜里尤其吓人。

每种树木均有恰如其分的位置与作用，古人对此多有讲究。明人谢肇淛著《五杂俎》，对这些情况进行了归纳："古人墓树多植梧、楸，南人多种松、柏，北人多种白杨。白杨即青杨也，其树皮白如梧桐，叶似冬青，微风击之辄淅沥有声，故古诗云：'白杨多悲风，萧萧愁杀人。'"梧、楸、松、柏、白杨皆属阴树，故适宜于墓地与棺椁。谢肇淛还记载了一则让他虚惊一场的故事："余一日宿邹县馆中，甫就枕，即闻雨声，竟夕不绝，侍儿曰：'雨矣。'余讶之，曰：'岂有竟夜雨而无檐溜者？'质明视之，乃青杨树也。"风吹青杨，叶声似雨，扰了他一夕好梦。谢肇淛是福建长乐人，邹县位于山东，因"南方绝无此树"，所以不识杨叶之声。

院中栽树，最好不要栽单棵的树，因为口中有木为"困"。科学上这种说法肯定没有道理，但从中国传统文化来看，"困"却给人以不好的心理暗示。那么，院中就不可栽树了？可以栽，最好是栽两棵或两棵以上。民间多选柿子树或石榴树，因为柿子树寓意"事事顺心"，石榴多子，寓意"多子多福"。另外，棕树、橘树、楠竹、椿树、桂树、梅树、丁香、枣树、榕树等等各有吉祥寓意，皆可栽于院中。

"可以看到墙外有两棵树，一株是枣树，还有一株也是枣树"，这是我们中学就背熟了的两句话。我前年拜谒位于北京西城区阜成门内西三条胡同21号的鲁迅先生故居，院中枣树不知所终，只遗前院的两株白丁香、后院的一丛黄刺玫，是先生于1925年4月5日手植。

老舍是我喜欢和敬重的作家，他的故居位于东城区灯市口西街丰富胡同19

号。这个院子不大，仅三百平方米，院中两棵柿树，是先生于 1953 年栽种的。先生在世时，院中每年都栽种着各种时令鲜花，尤以冬菊享誉京城，家人因此将小院命名为"丹柿小院"。

我曾数次拜谒先生。斯人已逝，柿树仍绿。馆中的工作人员介绍，每年秋天柿子成熟时，老舍先生就开始忙活起来，挨家挨户把柿子送给朋友与街坊，这叫"送树熟儿"，是一种北京老礼。诗人臧克家是个性情中人，收到老舍先生赠送的柿子竟舍不得吃。他觉得在肃杀苍黄的秋天，鲜红的柿子不是食物，而是可爱的艺术品，于是就把它放在盘子里，摆在架案上欣赏。在那个世事沧桑的年代，他心底未必没有"事事顺心"的祈愿。

2、樟木与楠木

在我国南方各省，樟木和楠木使用的范围和地域皆广，是两种有代表性的阴木。樟树产于我国南方及西南各省，常绿大乔木，高可达 30 米，直径可达 3 米，是江南民间及寺庙喜种的传统风水树和景观树，古时即有"前樟后朴"之俗，《本草纲目》谓"其木理多文章"，所以得名为"樟"。樟树的枝、叶及木材均有樟脑气味，又纹美材巨，所以很得江南人士的喜爱，广泛用于建筑、家具。过去女

浙江普陀山普慧庵的樟树，树龄 600 余年，胸径 1.92 米。摄影：周默。

普陀山的古樟群，有百年以上的古樟约 200 株。摄影：周默。

儿出生时，民间有在门前种一株樟树的习俗，以供女儿出嫁时制作嫁妆之用。

楠木的种类多达 200 多种，分属樟科桢楠属和润楠属。李时珍《本草纲目》谓楠树是"南方之木，故字从南"。楠木至美者，曰金丝楠，其高大者，高可达 30 余米，树干通直。市场炒作金丝楠已有近 20 年，金丝楠木家具的价格逐步走高。记得大概是 10 年前，市场在炒作海南黄花黎、紫檀之后，开始炒作金丝楠，一是炒作楠木的高贵，言楠木乃皇家之木，"非楠木无以重威"；二是炒作楠木濒临灭绝，"你今儿不买，赶明儿就买不着了，那得是多大的人生遗憾哪！"记得北京某公司制作的一个金丝楠木画案，尺寸并不大，竟然标价 6666 万元，着实吓住了许多人。其实，在古代，楠木在建筑方面多用于宫殿、庙宇等，器物方面则用于制作棺椁、匾额、盒子、书箱，并没有大量用来做家具。《五杂俎》谓，闽人"棺椁必用楠木"，就是当时真实情况的记载。少数用金丝楠做家具的，也多用作漆家具的木胎。另外，楠木广泛生长于长江流域及以南地区，远未到濒危的地步。

重庆市巫溪县大宁河畔的荆竹坝斧劈刀削的岩壁之上，耸立着三峡库区分布最集中、保存最完好的岩棺群——距今 2000 多年的濮族岩棺葬群。岩棺也叫悬棺，因木质棺椁大都形似独木舟，亦称船棺。四川大学历史系考古专业《巫溪县荆竹坝棺木岩悬棺调查清理报告》指出：这些悬棺为整棵楠木剜成，内壁的刀斧凿痕明显，还发现焦黑痕迹，很可能是先用火把木材烤焦，然后再用工具剜凿而成的。悬棺工艺粗糙，棺盖与棺身子母榫扣合。一般长约 1.6-2 米，宽、高约 0.5 米，呈不规整的长方形。棺材两头有柄，柄上有眼，估计是为了便于抬运。

濮人有葬地"愈高愈孝"传统，楚辞"层台累榭，临高山兮"，就是这种传统的记载。以濮人纯朴天真的生死观来看，行走在高山之巅、泛舟于大江之上，生以船为家、死以船为棺，是让生命回归自然的最好方式。

这些悬棺为什么都选择楠木？因为楠木质轻，方便在悬崖间抬运；因为楠木防腐防虫，利于祖先的遗骨更久保存；因为楠木大材易得，利于整棵剜制棺木。更重要的，楠木是他们的伙伴，是他们生活必不可少的部分，死时以楠木为生命最后的存放之所，也就成了当然的选择。

北京明长陵之祾恩殿。祾恩殿是中国现存的最大的木构大殿。殿顶
由60根楠木大柱支撑，最粗的一根重檐金柱高12.58米，底径达到
1.124米。殿内有12根金丝楠木大柱，中央4根大柱的直径达1.17
米，高约23米，其形体之大，在建筑史上绝无仅有。摄影：周默。

祾恩殿内的金丝楠木大柱。

摄影：周默。

3、至阴之木

木材大家族中，有一个非常特别的种类——阴沉木。所谓阴沉木，是由地震、洪水、泥石流等将地上植物生物等全部埋入古河床等低洼处，部分树木在缺氧、高压状态下，以及在细菌等微生物的作用下，经长达数百或数千年炭化过程形成的，故又称"炭化木"。

四川人把阴沉木称为乌木，实际上错得离谱。乌木是柿树科柿树属的几个树种的统称，以产于非洲的加蓬、尼日利亚、坦桑尼亚，亚洲的印度南部、斯里兰卡等地的乌木最为著名。乌木和阴沉木完全是两回事，切不可混为一谈。

四川是阴沉木的主产地，四川人也最爱阴沉木。四川民间俗语说，"家有黄金万两，不如乌木一方"，可见其爱之深。全国最大的销售阴沉木的两个市场，就分别在四川的成都和雅安。

每一种木材都有可能遇到自然灾害，从而成为阴沉木，所以阴沉木种类繁多。市场上阴沉木的销售价格，以金丝楠阴沉木为最。它有五个特点：其一是耐腐，

四川成都金沙遗址出土的楠木阴沉木。摄影：周默。

埋在地下可以几千年不
朽；其二防虫，百虫不侵；
其三是质地温润柔和，
冬天触之不凉，夏天触
之不热；其四是木纹细
密美丽，木材表面在阳
光下金光闪闪，金丝灿
然；其五是香味独特。
金丝楠阴沉木曾被热炒，
市场上一木难求。有趣
的是，金丝楠阴沉木南
人喜欢者众，北人喜欢
者寡。在北京的红木家
具市场上，金丝楠阴沉
木家具难觅其踪。

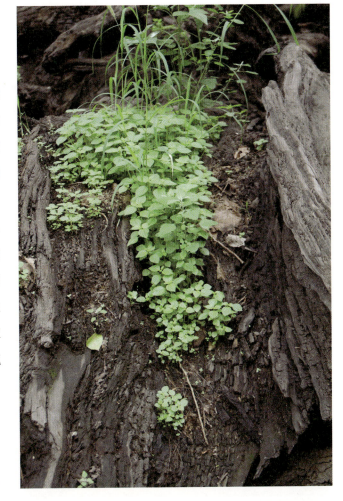

四川岷江的楠木阴沉木。
摄影：周默。

浸泡在云南昆明滇池中的柳树阴
沉木树蔸，上生杂草，鸟栖其中。
摄影：周默。

三、木材也讲究颜值

海南黄花黎鬼脸纹。标本提供：
北京梓庆山房。摄影：周默。

木材的颜值，包括其颜色、纹理、油性、光泽、气味、手感等，是木性的重要组成部分。

我们先来了解红木家族中最为耀眼的双子星座——黄花黎和紫檀。

周默著《黄花黎》介绍，黄花黎之所以有个"黄"字，主要是流传下来的明式黄花黎家具颜色多呈黄色或金黄色。这种金黄色的黄花黎主产于采伐条件优越的海南岛东部、东北部，而产于西部、西南部或南部的黄花黎，其颜色并不止于金黄色，还有灰白透黄、浅黄、黄、金黄、褐色、紫褐色、紫褐色近黑、红中带紫等多种颜色。这些颜色差别很大，但每一种颜色均十分纯净而无杂色、杂质。无论何种颜色的黄花黎，如果置于自然阳光下，采用不同角度观察，所呈现的是一片片跳跃闪亮的金光，其余的颜色几乎全部退除，"色比金而有裕，质参玉而无分"。

黄花黎的纹理如同其颜色一样多姿多彩、变幻莫测，有著名的鬼脸、晚霞、狸斑纹、虎斑纹、虎面纹、鹿纹、飞鸟纹、贝壳纹、花卉纹、蝴蝶纹、水波纹、沙丘纹、山形纹、弧形纹、梯田纹及其他各种如梦幻般美丽的图案。黄花黎瘿是所有瘿中最美妙奇特的，几乎每一个瘿之纹理都各具特色，难有相同之处，纹理清晰，浓墨重彩，远山近水，精彩纷呈。

黄花黎和紫檀、金丝楠有一个共同的特点，那就是光泽内敛，有似半透明的琥珀光。黄花黎所谓的"水波纹"，波纹细密、皱折，在自然光下波光涟涟，似湖水渗金。这种美纹只有金丝楠木可与之媲美，紫檀次之。尤其是潮化时间很长的木料或黄花黎阴沉木、旧房料，这种现象更明显，光泽柔和内敛，显得低调而奢华，是黄花黎玩家梦寐以求的极品料。

黄花黎的气干密度为 0.8-0.94g/cm³，有些油黎的比重大于 1，故沉于水。黄花黎新材切面辛香扑鼻，浓郁而持久，成器后味道渐弱，主要原因是黄花黎心材含有富集芳香的各种挥发油。天然生长的或颜色较

海南黄花黎面板。标本提供：北京梓庆山房。摄影：周默。

紫檀标本。标本提供：北京梓庆山房。摄影：宁心。

深的黄花黎，上漆比较困难，除了比重较大、木材致密外，还有一个主要原因即黄花黎的油性重。黄花黎经过加工处理后，手感滑腻柔润、光洁如玉。影响黄花黎手感的三大主要因素为潮化、比重和油性，一般经过潮化的原木比未经潮化的原木手感要好，潮化时间长者其手感更佳；比重大者手感优于比重轻者；油性大者，其手感好于油性差者。

周默著《紫檀》《木鉴》介绍，紫檀的比重大于黄花黎，其气干密度达到 1.05–1.26g/cm³，入水即沉。紫檀木紫黑硬重，油性大，其木材碎片或刨花置于无色酒精液体中均呈荧光反映，似焰火纷飞，十分壮观美丽。若用紫檀木屑作笔于白纸或白墙上，均有明显的紫红色或浅红色划痕，这是因为紫檀木中的红色紫檀素所致。

紫檀有呈紫黑、深紫红色或猩红、腥紫色的，但其最根本的是紫红色，让人一看之下，顿生高贵雍容之感。另外，紫檀器物的表面并不全部为紫红色，有时也会有杏黄色或金黄色的、宽窄不一的长条纹或整块的金黄泛红现象，但这一部分也有其明显特征：在灯光或自然光下似琥珀一样半透明，给人以玉质之感。

对于紫檀纹理的描述，有人认为紫黑密而无纹或少纹，有人更细分为牛毛纹、花梨纹、豆瓣嵌、金星金丝、鸡血（无纹）等，更有人依紫檀木表面纹理的特征将其分为金星紫檀、金星金丝紫檀、牛毛纹紫檀或花梨纹紫檀、鸡血紫檀、豆瓣紫檀等。其实，这些分类都不够科学，也不够全面。由于紫檀生长条件的限制及其他原因，同一根木材上，会出现上述多种特征于一体的现象，呈现出一种难以言喻的美感。

紫檀中的极品金星紫檀，底色为高贵的紫红色，黑色条纹明显，而星星点点的金星洒落其间，犹如满天星斗，流光溢彩，让原本静穆的板面显得活泼而生动。紫檀在自然光下渐渐趋向紫黑透亮，呈现一种玉一样的温润质感。这种质感自然、纯美，简洁中蕴含着端庄和典雅，深邃中浸透着清丽与隽秀，让历代的文人们都爱不释手。

如果说黄花黎的颜色、纹理飘逸活泼，紫檀则优雅厚重。两者的美各有千秋，若单纯以木材及家具的价格来评品、称量它们，我们就会陷入误区。

从雍正时期开始，黄花黎渐渐退隐，而紫檀则受到了追捧。这固然和优质的黄花黎来源减少有关，也和紫檀本身的特质有关。紫檀经过时间的沉淀，纯黑无纹，显得沉穆威严，尤能彰显皇家的威严。故宫所藏清代重器以紫檀为多，就是这个道理。

中国人建筑、家具所用的木材种类繁多，由于篇幅的问题，我们不可能一一涉及，现选择几种市场上常见的名贵木材简述如下：

紫檀面板。标本提供：北京梓庆山房。摄影：周默。

老红木即红酸枝和黑酸枝，其气干密度为0.89–1.20g/cm³，其比重比较大，有的比紫檀还重。其材色一般呈深红色，具深色条纹，木材本色比较一致。酸枝木在加工过程中发出一股食用醋的酸味儿，它的得名也源于此。其手感虽不如紫檀那么温润如玉，但也十分细腻。

金丝楠木比重不大，属于软木的范畴。金丝楠木比较好辨认，其材色一般黄中带浅绿，也有例外，有些材色呈黄红褐色，树龄越大或根部老朽者，如滇润楠，木材表面在阳光下金光闪闪，金丝浮现，美丽异常。金丝楠隶属樟科，一般都有清香味，特别是锯解或打磨加工时，久则变淡。

不同种类的乌木，纹理、比重等略有不同。目前市场上销售的产于印尼的苏拉威西乌木，心材黑或栗褐色，带深色条纹，气干密度1.09g/cm³；菲律宾所产乌木心材黑、乌黑或栗褐色，带黑色或褐栗色条纹，气干密度0.78–1.09g/cm³。乌木以心材纯黑者为上。产于印度南部、斯里兰卡之乌木称为"乌木之王"，品质极佳，其心材具有细如发丝之银线，在阳光下耀眼可见。其生长轮不明显，几乎不见纹理；光泽度很好，稍加打磨便光泽可鉴；油性极佳，手触之有潮湿感。

黄杨木是中国传统的雕刻用材，木质坚硬，气干密度达到0.94g/cm³，心边材不明显，底色纯净，材色呈淡黄色，俗称象牙黄。生长轮不明显，纹理由通直逐渐过渡到不规则的细纹。

老红木面板。标本提供：北京梓庆山房。摄影：周默。

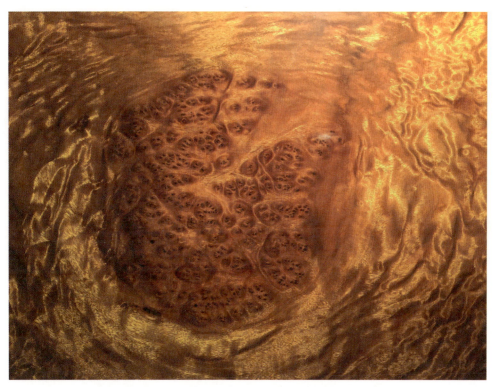

金丝楠木美纹，中为树瘤。标本提供：福建泉州市陈华平。摄影：周默。

金丝楠木美纹。标本提供：福建泉州市陈华平。摄影：周默。

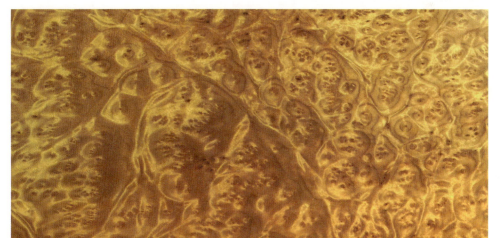

摄影：宁心。

第三章：坎坎伐檀

胡杨树自始至终见证了中国西北干旱区走向荒漠化的过程。许多摄影发烧友专程驱车而来，因为这些"不朽的胡杨"象征着一种不屈的精神，能够激励人们奋然前行。但在我看来，这里只是一个可怖的树木坟场。我看不到它的美，看到的只是悲凉。胡杨若有灵，它宁愿不做英雄，也要活下去！

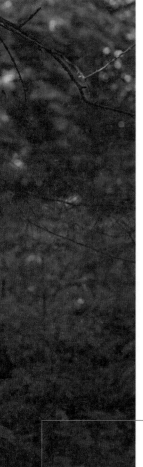

山林非时，不升斤斧

一、木材砍伐 /086
二、木材运输 /096
三、伐木仪式与禁忌 /104
四、山林非时，不升斤斧 /106

一、木材砍伐

1、没有铁器的年代怎么伐树

河姆渡文化遗址。摄影：周默。

1973 年春夏之际，浙江省余姚县（今余姚市）河姆村和渡头村的农民们在工地上挖沟，其中一个农民"铛"的一声，挖到了一块石头，随后又陆续发现鹿角、象牙等有明显人类加工痕迹的物品，震惊世界的河姆渡文化遗址就此揭开了神秘的面纱。

在考古现场，考古学发掘出干栏式建筑遗存，以及相关的圆柱、方桩、板柱、梁、柱、板等文物数千件，有些木结构凿卯带榫，有燕尾榫、带销钉孔榫和企口板等。考古学家们面面相觑，七千年前的旧石器时代，铁器还没有出现，我们的先人是怎样砍伐、运输如此巨大的树木，又怎么凿出了榫卯？

遗址现场，又陆续发现了石斧、石凿、骨凿、角凿等加工工具。考古学家们松了一口气，一方面总算解开了心头的疑惑，另一方面又不敢相信，河姆渡先民们的木工技术已经达到了如此高的水平。

我们可以想象这样的画面：

森林茂密的山坡上，一群腰间围着兽皮的半裸原始人，围着一棵大树挥舞着手中的石斧。石脆易折，石斧换了一把又一把，坡下溪水边磨制石斧的原始人都有些供应不上了。好不容易伐倒大树，人们斫净树枝，吭哧吭哧抬着大树置于溪中，木材顺流而下，蜿蜒到达氏族聚居地。

自然干燥过后的树干被放置在平地上，祖先们顺着木纹并排打下一排石楔，接着又在背面同样的位置上打下一排石楔。石楔越打越多、越打越深，木材开始发出"咔咔"的纤维断裂声，终于，树干裂成两片，成为粗糙的木板。

一群人聚在一起，用石片、兽骨打磨木板。而另一边，一群人则用石凿、骨凿、角凿等工具在木板或方柱上打眼，渐渐地，方孔出现了，榫卯也出现了。人们在平地上埋下木柱，然后在木柱上组装加工好的木头构件。房屋的骨架清晰地呈现，覆上野草，一栋干栏式建筑正式完工。人们举着手中简陋的工具载歌载舞，发出一阵阵音节简单的野性呐喊。

河姆渡文化遗址出土的带销钉孔榫。在家具、建筑行业，带销钉孔榫仍在广泛使用。摄影：周默。

河姆渡文化遗址出土的带卯眼木构件。无法想象，使用原始工具的河姆渡人，怎么把图中的方形卯眼挖得那么规整。摄影：周默。

浙江余姚田螺山文化遗址出土的垫木和石质工具。摄影：周默。

2、铁器出现了

到春秋战国时期，铁器开始出现。春秋末期，出现了一个木工巨匠鲁班，相传他发明了凿、刨、钻、锯、锉等多种木工工具。这些工具的出现，大大方便了木材的砍伐和加工，不但可以建造华美的宫室，还可以用木头建造舟车、栈道和桥梁、家具等。在电动工具出现以前，几千年来中国人的伐木方式一直没有太大的变化。

《诗经·伐木》一篇，形象地描写了整个伐木的场景。诗歌第一节开篇是"伐木丁丁，鸟鸣嘤嘤"，是说在一个幽静的山谷里，一群人在伐木，砍树的声音丁丁不断，鸟儿的鸣叫嘤嘤在耳。第二节的开篇是"伐木许许，酾酒有藇"，是说众人喊着劳动号子伐树，累了乏了，请喝一碗清澈透明的美酒吧！第三节开篇是"伐木于阪，酾酒有衍"，是说砍树砍倒山坡上，筛酒漫出酒缸边；接着"笾豆有践，兄弟无远"，大意是盘儿碗儿排齐整，老哥老弟别疏远。

"伐柯如何？匪斧不克"，则是以斧伐木的纪实。《伐柯》全诗轻松愉快，还带着些俏皮："怎么砍伐斧子柄？没有斧子砍不成。怎么迎娶那妻子？没有媒人娶不成。砍斧柄啊砍斧柄，这个规则在近前。要想见那姑娘面，摆好食具设酒宴。"

现存于陕西省历史博物馆的春秋（公元前 770 年－前 475 年）铜削，出土于凤翔县八旗屯。摄影：周默。

《诗经·伐檀》一诗，则把伐木过程描写得更细一些。第一节开篇是"坎坎伐檀兮，置之河之干兮，河水清且涟猗"，说明砍伐的是檀树，伐好的檀树放在河边，准备用水运的方式运输木材。后面又有"坎坎伐辐兮""坎坎伐轮兮"，说明他们伐木不是盲目的砍伐，是要寻找适合做车辐、车轮的木材，是有选择性地伐木。

先人们很早就注意到伐树要注意安全。《诗经·小雅·小弁》："伐木掎也"，也就是说，伐木时要支撑，以控制树倒的方向，防止伤亡事故的发生。《诗经·鲁颂·閟宫》："徂徕之松，新甫之柏，是断是度，是寻是尺。"意思是说，采伐徂徕山和新甫山的松树和柏树之后，要经过丈量，按照寻（八尺）、尺（一尺）等规格造材，截成一定长度的原木，一来方便运输，二来方便使用。这种方法，一直沿用至今。

现存于陕西省历史博物馆的唐代铁斧。摄影：周默。

3、明清两朝破坏性的伐木

明、清两朝现存的史料，对皇家伐木、运输的记载比较详尽。

永乐四年，明成祖朱棣下令营建北京宫殿，派遣政府各部官员，以监督采运木材身份，分赴盛产木材各省督办采运事务：工部尚书宋礼赴四川，刑部右侍郎金纯、吏部侍郎师逵赴湖广，户部右侍郎古朴赴江西，右付都御史刘观赴浙江，右佥都御史仲成赴山西，江西参议柴车赴福建等等。

这些省部级高官到了地方上就是"钦差大臣"，凌驾于布政和按察二司甚至巡抚之上，有权驱使所在省份的民力。《明史·宋礼传》有一段记载："会北京营建，命取材川蜀。既至，赐有司率更民，历溪谷险绝之地，凡材之美者悉伐取之。由是，楠、杉、松之属出三峡，道江汉涉淮泗，以输于北者先后相属。"所谓更民，即更戍之民，是被官府摊派出差的民夫，非但没有报酬，还得自带干粮。《明史·师逵传》中说："永乐四年建北京宫殿，分遣大臣出采木，逵往湖湘，以十万众入山关道路……"仅一个地区修道路的人役就达十万之众，那么全国伐木的民夫当不下几十万人。

除了史籍的记载，云南昭通西部的盐津县滩头还遗下了一块明代洪武、永乐朝皇木采办的摩崖石刻。盐津县在明代属于四川乌蒙府，彼时此地人烟稀少，未有建置，盐津采木之事也不见于史籍。石刻原文曰："大明国洪武八年乙卯十一月戊子上旬三日，宜宾县官部领夷人夫一百八十名，砍剁官阙香楠木植一百四十根。大明国永乐五年丁亥四月丙午日，叙州府宜宾县官主簿陈典史何等部领人夫八百名，拖运宫殿楠木四百根。"紧随其后的还有："夷人白长阿奴领夫长百夷拾名，在此拖木植，永乐五年六月。"左下角还刻有一首打油诗："八百人夫到此间，山溪险阻路维艰，官肯用心我用力，四百木植早早完。"由此可以看出，盐津当时人烟稀少，居在此地的少数民族人力不敷，尚需邻府县司带人前来拖运木植。

雍正《四川通志》卷十六上《木政·附万历三十五年大木议》载："查得嘉

靖三十六年间，以三殿采木，共木枋一万五千七百一十二根块；万历二十四年，以两宫采木，共五千六百根块。以今日所派，较之嘉靖年间，几于一倍；较之二十四年，多至四倍矣。"到清乾隆时，四川"产木山场砍伐已尽，穷山邃谷无不遍加搜寻，即西阳州属，原系苗疆，从不采办之区，亦委办，尚难多购合式大料。"皇木采办除本身数量巨大外，许多不合式的楠木都要抛弃，"道路两旁，悉是良材。"

竭泽而渔的砍伐，很快就让金銮殿里的皇帝尝到了苦果。康熙八年，皇帝下旨让四川采伐楠木，地方官员辛苦一年，只采到 80 根。康熙无奈下旨："修造宫殿，所用楠木不敷，酌量以松木凑用，着停止采取。"这就是东北黄松进入皇家用材名单的缘由。雍正时更加窘迫，皇陵都只好改用松木："万年吉地需用物料，请派出官员，督同各省备办。得旨：楠木难得，如果不得，即松木亦堪应用。"

由于巨材难得，宫廷工程不得不用小块木料拼接成柱子和梁，外加铁箍拼合成材。《营造法式》所载了一项木柱包镶拼接技术，即用两根、三根或四根圆木拼接成一根大木，中间用榫头联结。太和殿内那些直径 1.5 米、高 13 米的金龙柱就是利用这种技术拼合而成的。又由于缺乏楠木，清朝营建大项工程，乃转向大量使用黄松，这也是明清两代在大木用材方面的显著差别。

清康熙六年张德地《题报采运楠木条议疏》（雍正《四川通志》卷十六上《木政》），对伐木细节记载得极为详尽："……臣亲披荆负棘，直至各菁山顶踏勘，而栋梁巨材各菁之中，大约皆可采办，以资国用，但其菁之大者，周围有五六百里，其小者亦有一二百里，非一朝一夕可以尽悉，必须按日细查，方可采取。如离小溪五十里至百里者，犹可采运，若百里之外者，山势愈峻，道路愈险，虽有大木，无可如何矣。"

除了实地考察，张德地"随传绥阳县，查出旧时木厂附近居民吴之玺、梁维栋、任明选等三人，亲问采木之法。"伐木之繁，出乎张德地意料：

架长看路找厢。找厢者，即垫低就高，用木搭架，将木置其上，以为拽运之说也。

斧手伐树取材，穿鼻找筏，人夫拽运到河，用石匠打当路石，篾匠做缆子，铁匠打斧头，与一应使用器具。一厂用斧手一百名，石匠二十名，铁匠二十名，篾匠五十名，找厢架长二十名。

楠木一株，长七丈，围圆一丈二、三尺者，用拽运夫五百名，其余按丈尺减用，沿路安塘，十里一塘，看路径长短安设，一塘送一塘，到大江。九月起工，二月止工。

三月河水泛涨，难以找厢施工，先于七月内动人夫五十名，寻茹缆皮，堆集放于厢上，取其滑，以拽其木。

每夫日支米一升，雇工银六分，斧手、架长日支米一升，雇工银一钱。

伐树用三牲祭，初一、十五用猪羊祭，其肉分给匠役、人夫。

督木同知将放出木头赴督木道交割，八十株找一大筏，招募水手放筏，每筏用水手十名，夫四十名，差官押运到京。

……至于需用夫匠钱粮，必请自部拨，若责令雇募夫匠到厂之日，照旧时采运之例，匠役、架长，日支米一升银一钱，夫役，日支米一升，工价银六分，而犒赏之费不与焉。若于外省提拔，但于日支米一升之外，量给盐菜银两而已。

4、因伐木而引发的农民起义

东汉王符《潜夫论》曰："京师贵戚，必欲江南檽（栎类）、梓、豫章（香樟）、
楩（黄楩木，即榆榉之类）、楠，边远下土，亦竞相仿效。夫檽、梓、豫章所出殊远，
乃又生于深山穷谷，经历山岭，立千步之高，百丈之溪，倾倚险阻，崎岖不便。
求之数日然后见之，伐斫连月然后讫。会众然后见动担，牛列然后能致水。……
即其终用，重且万斤，非大众不能举，非大车不能挽。"悲悯之心跃然纸上。

成书于宋代的《太平广记》载，琼山郡守韦公干在唐德宗时期（780-805 年），
采伐珍贵木材用数百人制作舟船、家具及其他贵重器具，将韦"贪且酷"的形象
刻画得非常生动："……既牧琼，多乌文咤陀，皆奇木也。公干驱木工沿海探伐，
至有不中程以斤自刃者（没有找到合格的木头完不成任务，以斧头自杀）。前一岁，
公干以韩约婿受代，命二大舟，一实乌文器杂以银，一实咤陀器杂为金，浮海东去。
且令健卒护行。将抵广，木既坚实，金且重，未数百里，二舟俱覆，不知几万万也。"

明人萧仪，江西乐安人，永乐年间曾任吏部文选主事。他目睹家乡父老因皇
家采木备受其累，心下恻然，曾作诗一首："永乐四年秋起夫，只今三载将何如。
无贫无富总趋役，三丁两丁皆走涂。山田虽荒尚贡赋，仓无余粟机无布。前月山
中去未回，县檄匆忙更催去。去年拖木入蜀关，后困山里天正寒。夫丁已随瘴
毒殁，存者始惜形神单。榉子多孤母多老，几度临门归望早。伙伴还家始报音，遗骸已
润荒山草。官家役簿未除名，孤儿嫠妇仍登程。去年丁壮已损殁，今年孤弱知无生。
君门如天多隔阻，圣主那知万民苦。但闻木数已将完，王事虽劳莫怀土。"

明万历二十五年五月，时任刑部侍郎的吕坤慨然上书万历皇帝朱翊钧："丈
八之围非百年之物，深山穷谷蛇虎杂居、毒雾常多人烟绝少、寒暑饥渴……死者
无论矣。乃一木初卧千人难移，倘遇艰阻必成伤损。蜀人语曰'入山一千，出山
五百'，哀可知矣。"这份奏折就是历史上有名的《天下安危疏》，也称《忧危疏》。
此疏并没有被皇帝采纳，吕坤还因此卷入"妖书案"，黯然致仕，从此闭门著述。
皇家伐木，依然年复一年地进行。

官逼民反，自古皆然。

史籍记载，历史上因伐木而爆发的农民起义至少有两起。

一起在明朝永乐七年。伐木的民夫们冒着虫、兽、瘴、疫的侵袭，自带干粮辗转于丛林荆棘，劳动艰苦自不待说，而且还要遭受监工责打。永乐六年，工部侍郎夏原专督运木材，"诏以锦衣官校从治怠事者"。明代锦衣卫以酷厉著称，用这样的鹰犬对付百姓，其暴虐可想而知。永乐七年，湖南发生李法良率领伐木工人暴动。"吏部右侍郎师逵采木湖广严急，激李法良之叛。"（《国榷》）。《明史》中也记载："师逵……颇严峻，民不堪，多从李法良为乱。"李在湘潭起义，应役民工纷纷加入。起义军转战至江西安福，遭明军残酷屠杀，李法良再转战至吉水，兵败被俘牺牲，明政府仍不放心，在追捕余众中"多所连引"。

李法良暴动时正值朱棣北征瓦剌，皇太子朱高炽在南京监国。南京一批朝臣感到惊慌，于是弹劾师逵"激李法良之变"。朱高炽认为他是父亲所特派的大臣，不好越俎代庖处罚，却审时度势下令停止采木，而且连运输也停了。同年，又"罢四川采木军民各还家"，去中川监督采木的宋礼也回到了京师。

清康熙五十八年，海南崖州也发生了一起因海南黄花黎而引发的暴动，史称"罢耕散村"。

那一年，不知什么缘故，一个叫吴十的人把一批花黎木扔在了深山之中的黎寨，其后就置之不理了。时任崖州知州董恒祚贪欲大起，派人搜取，谁知当地一个叫邢克善的监生不干了，抢先取到了木材。董恒祚大怒，派兵搜捕邢克善。邢克善也不是善茬，他逃入深山，纠集黎人"罢耕"抗拒。

事情闹大了，董恒祚一咬牙，派官兵进山征讨。黎民居住分散，又占天时、地利、人和等诸多便利，往往胜多败少，官兵死伤了好几百人，仍然无法扑灭黎民的反抗。直到康熙六十一年，这场经历了三年的动乱才逐渐平息。

5、太监也悲催

采木非但让民不聊生，也让宫里的宦官们遭了殃。《四川通志·木政》、康熙《四川叙州府志》、光绪《续修叙永永宁厅县合志》等书，就记载了一个宦官的苦难故事。

永乐四年，一个叫谢安的少监奉旨前往四川采办木材。据史料记载，明代的太监们等级森严，有很多级别，刚进宫时只能当典簿、长随、奉御，如果表现良好，方能升迁为监丞，监丞再往上升是少监，少监的顶头上司才是我们所熟知的太监。谢安能当上少监，说明其品级不低，在宫里算是个领导。谢安是敬业爱岗的好宦官，他听说古蔺县石夹口的十丈洞所产楠木又多又好，于是"亲冒寒暑，播种为食，二十五年始还"。二十五年过去，宫里早忘了还有这么一号人。他的最后归宿，史书没有记载，我们自然也不得而知。到了清朝，一个叫陈熙言的读书人游历至此，感慨道："洞深十丈锁云烟，谢监栖迟廿五年。采木使臣归未得，山中开青已成田。"

二、木材运输

海南省昌化江，为清朝、民国海南木材运输的主要水道。
摄影：周默。

木材的运输，分陆运和水运两种。古时候生产力低下，木材陆运靡费，主要依靠水运。

1、陆运

从伐木地到河边尚有一段距离，需要人力或畜力把木材运到河边。王符《潜夫论》载："会众然后能动担，牛列然后能致水。……即其终用，重且万斤，非大众不能举，非大车不能挽。"由此可见，汉代运输木材，已采取人抬、车载、牛拖、水运的办法。

《新唐书》记载："隋家造殿，伐木于豫章，二千人挽一材，以铁为毂。"用两千人拖拽一根巨木，可见人力靡费。《金史》记载，金朝正隆年间营造汴京新宫，由张中彦采运关中木材。青峰山巨木最多，但山高谷深，前人求之不得。张中彦很聪明，在山崖沟壑间架起长桥十余里，以车运木，行若平地。又开辟六盘山水洛（今甘肃庄浪县）之路，巨木因之源源不断运到汴梁。

周默著《黄花黎》载："据社会学家李露露调查：'黎族搬运木料的方式有简繁之别，简单地用人力背、扛回来，或者两人扛回来，繁重的是利用山坡，把木料滑到山脚下，再利用牛拖，把木料拖回村内，也有用牛车运木料的。排齐村多用牛车，千家村多用牛拖。'"

在东南亚，大象被视为"活的起重机"，每只大象相当于20—30人的劳动量。在崎岖的山间，大象是运输木材的主要劳动力。

《吕氏春秋·谣辞》记载，翟翦对惠王说，如今抬运大木的民夫，前面的人喊着劳动号子，后面的人应和，是因为这样有利于抬木头啊！翟翦更进一步发挥道："岂无郑、卫之音哉？然不若此其宜也。夫国亦木之大者也。"这段话的意思是说，难道是没有郑国、卫国那样的音乐可唱吗？当然是有的，但都不如唱这个适宜。治理国家，也像抬大木头一样，需要有适宜的法令啊！

运木号子的诞生，是因为抬运巨木需得众人协力、步调一致。运木号子有滚木号子、抬木号子、拽绳号子、排筏号子、流送号子等。比如东北的抬木号子："哈腰挂呀嘛——嗨呦、嗨呦！挺腰起呀嘛——嗨呦、嗨呦！小步迈呀嘛——嗨呦、嗨呦！向前走呀嘛——嗨呦、嗨呦！抓革命呀嘛——嗨呦、嗨呦！促生产呀嘛——嗨呦、嗨呦！加油干呀嘛——嗨呦、嗨呦！早回家呀嘛——嗨呦、嗨呦！停住脚呀嘛——嗨呦、嗨呦！轻轻放呀嘛——嗨呦、嗨呦！一，二，放！""哈腰挂"是领唱者的第一句唱词，也是预备劳动的号令，让大家哈腰将钩子挂在木头上。曲调起伏较小，正常情况下一拍一步，如抬较沉重的大木头或上较高的跳板时，则为三拍一步，一领众和，先后交替轮唱。

2、筏运

利用水力运送木材，原始社会就应该存在，因无文献记载，今天我们只好猜测一下罢了。

《论语》载："道不行，乘桴浮于海。"古时候的桴，就是竹木筏，说明在春秋末，先人就已经创造了木材编筏水运的方法。《伐檀》一诗中，伐下的青檀被运到了河边，"河水清且涟猗""河水清且直猗""河水清且沦猗"，都说明木头是从水上运输。战国魏斯著《魏文侯书》载："以冬伐木而积之，于春浮之河而鬻之。"冬天伐下的木材，要等到春天河水猛涨，利用水运的方式运到别处卖掉。《汉书·赵充国传》："臣前部士入山，伐材木大小六万余枚，皆在水次……冰解漕下。"

宋太宗时，张平掌管木材贸易，曾于春秋两季将木材编成巨筏水运，大量木材从渭水经黄河，通过砥柱（黄河中的一个石岛）运至汴京。金代李晏则粗疏得多，将木材散投在水中，任其随波逐流，损失甚多。

明朝《万历三十五年大木议》载："查万历二十四年奉文采木，至二十五年起解头运，二十六年到京，二十七年起解二运，二十九年到京。今次木巨数多，尤为不易，故职等窃谓运解之限宜宽也。"《明史·宋礼传》载："楠、杉、松之属出三峡，道江汉涉淮泗，以输于北者先后相属。"皇木从山区放排顺长江而下，经淮河转到运河而至通州，路上耗费的时间达四、五年之久，一路上都有遭到淤沙而搁浅的木材。仅从通州到北京这一段通惠河两岸的沙苇中，到嘉靖朝尚湮没 150 多根大型金丝楠木，这些木材，都是明朝时遗留在河道中而无法打捞的。

永乐九年，朝廷疏浚通惠河，皇宫的后门是北安门，从北安门到鼓楼前，元代即已形成繁华的商业区。这是靠近后海的重要码头，各种船只从通州经通惠河（经过南河沿、北河沿、步粮桥）直接通船到积水潭。历史上曾有过"舳舻蔽水"的记载。至此，这些来自南方的巨木，总算可以直达北京了。

清朝的皇木运输，和明朝无异。张德地《题报采运楠木条议疏》载："找筏完结，入江起运，宜逐省拨夫递送也。蜀省到京，水程最远，约有年余，若不逐省递送，诚恐沿路迟滞。查马（湖）、遵（义）二府小溪，俱会合于重庆大江，由重庆而下夔关，径通湖广，若木植运抵楚界，必须逐省沿途州县拨水手、人夫，递送前去，仍各具，不致耽延印结报部，庶各地方皆有专责，可无沿途迟滞之虞。"

《黄花黎》载："《琼志钩沉》则十分具体细致地谈及木材之运输。……'楠木、花黎，皆产深峒巉岩之上、瘴毒极恶之乡，故非黎人勿能取。而黎人每伐一株，必经月始成材，合众力推至涧中，候洪雨流急，始编竹木为筏，一人乘之，随流而下。至溪流陡绝处，则纵身下水，汩出旁岸。木因水冲下，声如山崩。及水势稍缓处，复鸠众拽出，用牛挽运抵出海之地焉。盖溪流虽同入于海，但其归趋之处，非大木应出之口故也'"。

金庸先生的小说《笑傲江湖》中，任盈盈被困少林，三十多个效忠于任盈盈的门派策划组织救人，其中一个就是湘西排帮。所谓排帮，就是编筏运木的江湖帮派，不过是一群穷苦排工而已。相传排帮活跃在湘西，不设帮主，由排头来管理一切。所谓排头，便是在竹排上击鼓施法之人，据传其为巫师，常人惧而远之。

编筏运木近代仍在沿用。厉害的水手，在江中散放的圆木上纵来跳去，用手中带钩的长竿收拢木材编成筏子，还能单木渡江，如同表演杂技。

1958年，湖南洪江贮木场工人米仁早到北京参加了全国民歌大赛，他唱的《沅水号子》轰动了首都文艺界。同年九月，贺绿汀先生带着随行人员专程来到洪江采访，对《沅水号子》赞不绝口，并灌制了唱片。米仁早也因此成了湘西著名的民歌手。其"放排歌谣"：

万寿宫，金銮宝殿。青山脚，一路饭店。

黄狮洞，武松打店。到沅陵，七品知县。

青浪滩，跑马射箭。到桃源，一弯两弯，原形出现。

3、海运

缅甸大其力（Tachilek）货场，
等待运输的花梨木。摄影：周默。

《诗经·商颂》说："相土烈烈，海外有截。"
说明至少在商代，古人就掌握了近海航运的技术，可
惜那时的史籍并未记载海运木材。

《元史》载亦黑迷失自马八儿国"以私钱购紫檀
殿材"，是海运木材的确切的记载。周默《紫檀》载：
"1976年，韩国西南部全罗南道新安郡防筑里海底
发现中国元代沉船，遂命名为'新安船'。'新安船'
原木空洞明显，小头不见便于拖运的水眼及深凹的圆
弧圈，可见14世纪紫檀采伐与运输的方式不同于今
天。""新安船的紫檀木，为迄今为止历史上发现的
用于贸易的最早的紫檀木。这一发现，不仅填补了中
外紫檀贸易史的空白，也为紫檀家具及硬木家具的起
源提供了极为珍贵的实物证据。"

至明朝时，虽然朝廷禁海，但民间海运发达，史
籍上多有海运木材的记载。

4、贮存

皇木运抵北京，集中堆放在北京东郊的神木厂，其后历朝所采的木材都堆放在那里。木厂为皇家服务，故又称皇木厂，位于北京广渠门外通惠河二闸的南面，现在的地名叫黄木庄。

文献记载，在万历十五年清查存木尚有七千多根，当日曾做估价，巨材每根值四、五千金，次一些的每根值一、二千金，所存木料总值一千四百多万两银子，途中的运费尚不计算在内。《春明梦余录》记载："京师神木厂所积大木，皆永乐时物。其中最巨者曰'樟扁头'，围二丈外，卧四丈余，骑而过其下，高可隐身。"乾隆皇帝看见此木，大为惊叹，特意在神木厂建碑立亭，刻《神木谣》于碑上："天三巽一含精腴，深山大泽连林扶。寿突灵椿忘荣枯，所乐不存虒弃渠。远辞南海来燕都，甲乙青气镇权舆。是称神木众木殊，春明旧迹久闻子。便中一览城东隅，长六丈余卧通衢。围乃不可规矩模，岿然骑者能蔽诸。四百春秋一瞬夫，雨淋日炙风吹敷。枝干剥落摧皮肤，隙孔瞋菌郁缪纡。为想怀材昔奥区，凌云樛日垂扶疏。翩集不胫曰人乎，天也将以为贞符。试看虚中巨查如，尧年贯月历劫余，生育盛德鳌皇图。"

木材堆放、贮存的过程，也是自然干燥的过程。所谓自然干燥，就是把木材堆积在空旷之地或大棚内，利用空气作传热、传湿的介质，利用太阳辐射的热量，使木材内的水分逐渐排出，达到干燥的目的。皇木厂木材的堆放、贮存方法不得而知，黄仲子著《木工工艺》，详细介绍了木材管理的办法：

成材堆积的场地应该平整、干燥，应该有一定的坡度，便于排水，且通风良好。在气候干燥的地区，应该选择比较湿润、避风雨的低处，以免木材发生干裂。

在堆积木材的底部应该应放置木桁条。各层板材之间须用隔条隔开，以保证通风和干燥均匀。一般来说，板材厚度在45毫米以下的，可采用断面35×50毫米的隔条，对于较厚的板材，应采用断面为40×45毫米的隔条。秋季堆积的木材，要比夏季堆积的空格大。材堆中的板料，不应有端头下垂或翘首现象。

一个材堆最好堆置同一树种、同一厚度的板材。……阔叶树木材在自然干燥的过程中容易发生开裂和翘曲，可用挡板遮挡阳光或在端面涂刷沥青、石灰等涂料。

堆积阔叶树板材时应使板材正面朝下。径向锯割的板材比较不易开裂，应放置在材堆的边缘；弦切板易开裂，应堆放在材堆的中间。对于端头已开裂或有轻微裂缝的板材，应用铁丝将端头捆扎，防止继续开裂。

木材的堆积方式有下列数种：

X 型堆置：长而薄的板材可以在架杆上交叉堆置。

三角型堆积：短而薄的板材和小枋料，都可以采用这种堆积方法。短小毛坯料还可采用"井"字形堆积方法。

交搭堆积：短而薄的板材，在材堆两端使用隔条，占地较少。

纵横堆积：尺寸一样的短毛坯料，可以一层纵向，一层横向，堆成方形。

为了减少木材的开裂，可以采取下面几点措施：

（1）树木砍倒后暂不打枝，不锯筒，留住枝叶帮助蒸发水分。使其干燥均匀，可减少开裂。

（2）剥掉外皮，留下内皮，也可采用条状或环状剥皮，或只在树皮上砍些斧痕，这样，可使水分蒸发慢；也可在易开裂的端头保留 30 厘米树皮，可减少端头水分蒸发而防止开裂。

（3）为了防止端面开裂，可以在端面的髓心处用凿子在周围打些深约 2 厘米的圆形切口，控制裂缝向外伸延。

（4）把沥青加热到 260 ~ 270℃，待冷到 100℃以下后，涂刷在木材的端面，上面再刷一层石灰液。

（5）防止珍贵木材开裂，可用桐油、石灰调成糊状，涂抹在木材断面，防止开裂。

木材在干燥和贮存过程中出现虫害时，可将木材放入水中泡一段时间，或用 12% 的六六六，4% 的氟化钠，5% 的滴滴涕，5% 的亚砷酸钠等药液喷洒，用量每立方米 20—30 斤溶液。

贮存场地要清除腐水、杂草、木片。为了防止白蚁和其他虫蛀，可在地面喷上 5% 的漂白粉溶液。在夏季应用 7—10% 的碳酸钠或 5—10% 的硫酸铁水溶液喷洒在木堆上。为了防止木材变色，可再喷上 5—10% 的氯化锌水溶液。

三、伐木仪式与禁忌

1、仪式

树木能与神鬼沟通，有些老树一不小心还成神成妖，所以伐树是个讲究活儿。在云南山区，砍伐榉树须举行祭拜仪式。"榉"者，"举"也。榉树树干修长雄伟，直入云天，李时珍《本草纲目》载："其树高举，其木如柳，故名。山人讹为鬼柳。"可见榉树能通鬼神之说，自古皆有。若不祭而伐，或有其他的轻慢行为，必将遭到树神的惩罚。

张德地《题报采运楠木条议疏》载："伐树用三牲祭，初一、十五用猪羊祭，其肉分给匠役、人夫。"此俗不但祭了树，也祭了人的五脏庙。

祭拜仪式简单而隆重。山民们备齐三牲酒水，然后领头的带领大家跪在树前焚香祷告，有的地方还有放鞭炮的习俗。祭拜仪式毕，大伙儿就着祭品下酒，酒毕才开始伐木。

与云南不同，东北林区有着自己独特的伐木文化。

开始伐木前，伐木工人们要举行一个简短的开山仪式。他们首先推选出一位德高望重的老工人，由他进入森林挑选一棵直径在 30 厘米以上、树龄七八十年左右的榆树，意寓年年有余。伐倒这棵树后，伐木才正式开始。

东北林区还有"喊山"的习惯。树木将被伐倒时，伐木工人根据树木倒伏的方向，大声喊三声"上山倒"或者"下山倒""横山倒"，以提醒他人注意安全，不要发生意外伤亡事故。

2、禁忌

我们梳理典籍以及相关的民俗资料，以下几类树木不可砍伐：

（1）禁止砍伐神社、神庙之树

《康熙字典》解释：社，"土地神主也。建国之神位，右社稷而左宗庙。"在古代，社祀为一国最重要的祠典，也是重要的民间祭祀活动。神社、神庙周围必植树。《庄子·人间世》曰："见栎社树，其大蔽牛"，《礼记·檀弓下》："古之侵伐者不斩祀。"即使处在战争的时期，祀树也是得到保护的。《淮南子·说林训》说："侮人之鬼者，过社而摇其枝。"意思是说摇别人的社树，等于侮辱别人的祖先。

（2）禁止砍伐先人墓地的墓树

根据礼制，墓地上应种有不同的树木。《周礼·冢人》规定："天子树以松，诸侯树以柏，大夫树以药草，士树以槐，庶人树以杨柳。"今天这一规定已经废弛，但在先人的墓地种植墓树的习俗却保留至今。中国人习惯慎终追远，对祖先的坟墓看得特别重。我们在前面说了，墓树是子孙与先人沟通的桥梁，所以那些墓树与祖宗息息相关，若贸然砍伐，那便是不孝。

（3）慎伐年代久远的老树

这个禁忌，和原始的树木崇拜有关。祖先认为，树木如人，有自己的情感和思想，而老树极有可能已经修炼成神。清末薛福成《庸盦笔记》就记载这样一则故事："……院中有老树一株，书吏以其侵蔽日光，将伐去之。或言此系百余年旧物，不宜斩伐。书吏不听。斧寻既纵，红水喷溢，殷如血痕，亦不顾也。"后来，老树将书吏家的"二孙一佣媪"烧死，可谓教训惨重。

另外，事关一地"风水"的树木及寺庙所植树木，皆不可伐。

四、山林非时，不升斤斧

海南省白沙县峨剑岭陨石坑及其周围林区，盛产海南黄花黎及其他珍贵木材，经过近二百年的采伐，现在已变成了茶场、橡胶林。摄影：周默。

中国历史上的滥砍滥伐，留给我们的是锥心之痛。

比如，迟至东汉及南北朝时期，甘陇一带仍是森林茂密的宜居之地。《汉书·地理志》载："天水、陇西山多林木，民以板为室屋。"据考证，中国古代森林资源丰富，先秦时期森林覆盖率达60%以上，至清初，已下降至21%，到20世纪中期，更是下降到了可怜的8.6%。

森林资源的减少，有以下原因：

第一，滥砍滥伐。战国以来，铁器农具被广泛使用，对森林的采伐力度空前加大。战国时，河南中部地区已经"无长林"，山东泗水流域"无林泽之饶"。

秦汉时期，冀、鲁、豫三省交界的东部地区，在公元 2 世纪就已经开始缺乏薪材林。秦朝修建阿房宫，在今四川一带伐木，有"蜀山兀，阿房出"之叹。元代建都北京，对太行山、燕山森林大肆砍伐，有"西山兀，大都出"之说。现存于北京故宫的《卢沟运筏图》：河面上有流送的木排，河两岸木材堆积如山，无数车辆正在装运木材，有官吏举鞭指挥、有官吏端坐监工。

明清时期伐木更盛。明嘉靖三十六年至三十七年（1557-1558 年），四川、湖广、贵州共采得楠杉 11280 株，15712 根块，其中围逾一丈的大楠杉达 2000 多株。到万历年间，采办数量更加惊人。由于用量巨大，明代嘉靖年间开始，因"操斧入山，巨材实少，围圆丈合式为难"，无奈只有放宽采办皇木的尺寸，"通融酌收"。到清乾隆时，四川"产木山场砍伐已尽，穷山邃谷无不遍加搜寻，即西阳州属，原系苗疆，从不采办之区，亦委办，尚难多购合式大料。"清康熙二十一至二十四年（1682-1685 年）四川应办楠木 4503 株，杉木 4055 株，但由于资源枯竭，只采办了楠木 2663 株，以后采办就更少了。皇木采办除本身数量巨大外，许多不合式的楠木都要抛弃，"道路两旁，悉是良材。"

第二，毁林开荒。由于人口增长，毁林开荒历代皆有；又由于战争频仍，百姓多有避入深山开荒者。以黄土高原为例，自秦汉以来经历了三次滥伐滥垦高潮：

第一次是秦汉时期的大规模"屯垦"（边军有组织的大垦荒）和"移民实边"开垦。这次大"屯垦"使晋北、陕北的森林遭到大规模破坏。第二次是明朝的大规模"屯垦"，使黄土高原北部的生态环境遭到空前浩劫。据考证，明初在黄土高原北部陕北（延安、绥德、榆林地区）和晋北大力推行的"屯田"制，强行规定了每位边军毁林开荒任务。第三次大垦荒是清代，清代曾推行奖励垦荒制度，垦荒范围自陕北、晋北而北移至内蒙古南部，黄土高原北部和鄂尔多斯高原数以百万亩计的草原被开垦为农田，使大面积的土地沙化、水土流失加剧。

清顺治十八年（1661 年），全国人口数量为 7655 万人，到光绪二十七年（1901 年），全国人口增长到了 42644 万人，240 年间，人口增长了 4.57 倍，人均耕地由 7.18 亩降至 2.17 亩，毁林开荒成了必然的选择。豫鄂川陕交界的巴山，"老林邃谷，无土不垦""低山尽村庄，沟壑无余土"；嘉庆、道光时，湘西北的慈利一带因"民多耕山，山日童然"，衡阳"异木名林，犹不可胜用"，但"自道光以来，百里之境，四望童山"。

第三，河流改道或干涸。河流改道或干涸导致森林、草场被毁，乃至于城市消失、国家灭亡，在中国历史上亦有发生。

楼兰是中国古代西部的一个小国，属西域三十六国之一。它西南通且末、精绝、拘弥、于阗，北通车师，西北通焉耆，东经白龙堆，通敦煌，扼丝绸之路的要冲。《史记》载："鄯善国，本名楼兰，王治扞泥城，去阳关千六百里，去长安六千一百里。"根据《史记》的描述，楼兰人在公元前 3 世纪时建立了自己的国家，西汉时有居民 14000 多人，士兵将近 3000 人。但到公元 400 年，东晋高僧法显西行取经途经此地时，所看到的是"上无飞鸟，下无走兽，遍及望目，唯以死人枯骨为标识耳"。

楼兰古国消失的原因，专家们多有争论，但塔里木河和孔雀河改道，致使罗布泊逐渐蒸发成为沙漠，却是不争的事实。《水经注》载，东汉以后，楼兰严重缺水。敦煌的索勒率兵 1000 人来到楼兰，又召集鄯善、焉耆、龟兹三国兵士 3000 人，不分昼夜横断注滨河，引水进入楼兰缓解缺水困境。尽管楼兰人为疏浚河道作出了最大限度的努力和尝试，但楼兰古城最终还是断水了。水资源的缺乏使得人们的卫生状况恶化，抵抗力减弱，于是瘟疫爆发，楼兰古城居民为了生存只得弃城出走，留下死城一座。

这样的悲剧现今仍时有发生。1970 年后塔里木河上游引水量加大，中游截流修建拦河水坝 (如大西海子水库等)，以致塔里木河缩短 246 公里，台特马湖、罗布泊干涸。玛纳斯河缩短后，湖区形成 5—6 米高的沙丘。此外，叶尔羌河缩短 220 公里，孔雀河缩短 250 公里。截水造成的后果，除了河流下游和湖泊干涸外，便是地下水位下降，草木枯死，胡杨林成片死亡，绿洲缩小、干涸，沙漠扩大。现在库鲁克沙漠以年均 3—5 米的速度向西扩展。1958 年以后的 20 年中，沙漠面积扩大了 137 万亩。

胡杨树自始至终见证了中国西北干旱区走向荒漠化的过程。许多摄影发烧友专程驱车而来，因为这些"不朽的胡杨"象征着一种不屈的精神，能够激励人们奋然前行。但在我看来，这里只是一个可怖的树木坟场。我看不到它的美，看到的只是悲凉。胡杨若有灵，它宁愿不做英雄，也要活下去！

翻阅典籍，《逸周书·大聚解》载，大禹规定"春三月，山林不登斧，以成草木之长；夏三月，川泽不入网罟，以成鱼鳖之长"。周文王遵循禹规，有了更详细的规定。《逸周书·文传解》载："文王受命之九年（约公元前1107年），时维暮春，在镐，召太子发曰：'呜呼！……山林非时，不升斤斧，以成草木之长；川泽非时，不入网罟，以成鱼鳖之长。……戒之哉！弗思弗行，至无日矣。'"文王告诫太子发，要按季节开发山林川泽，不要竭泽而渔，要永续利用。这种思想，直到现在仍然值得我们遵循。

阿城名作《树王》，描述了"大跃进"时期大炼钢铁，一帮下乡知青把山里的"树王"砍了，人间的"树王"肖疙瘩阻止不成，"……这之后，肖疙瘩便一病不起。我每日去看他，日见其枯缩。原来十分强悍而沉默的一个汉子，现在沉默依旧，强悍却渐渐消失。我连连劝他不要因为一棵树而想不开。他慢慢地点头，一双失了焦点的眼睛对着草顶，不知究竟在想什么。……肖疙瘩只有在儿子面前，才渗出一些笑容，但无话，只静静地躺着。"

后来肖疙瘩死了，葬在树王树兜一丈远的地方，没几天就发生了异象："远远可见肖疙瘩的坟胀开了，白白的棺木高高地托在坟土上，阳光映成一小片亮。大家一齐跑下山，又爬上对面的山，慢慢走近。队长哑了喉咙，说：'山不容人啊！'几个胆大的过去将棺材抬放到地上。大家一看，原来放棺材的土里，狠狠长出许多乱乱的短枝。计算起来，恐怕是倒掉的巨树根系庞大，失了养料的送去处，大雨一浇，根便胀发了新芽，这里土松，新芽自然长得快。"

火化后的肖疙瘩仍葬在原址："这地方渐渐就长出一片草，生白花。有懂得的人说：这草是药，极是医得刀伤。大家在山上干活时，常常歇下来望，便能看到那棵巨大的树桩，有如人跌破后留下的疤；也能看到那片白花，有如肢体被砍伤，露出白白的骨。"

于高山大河间 探访 祖先的足迹

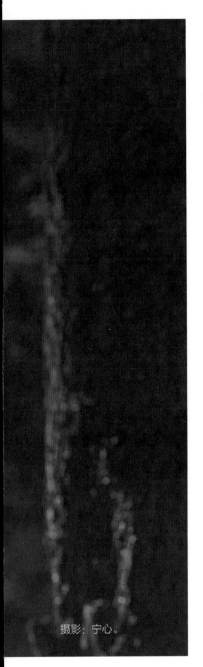

摄影：宁心。

第四章：构木为巢

三毛曾为故宫写下这样的文字："千余年来北京城遗留下来大量不同类型的建筑，其中最重要的是宫殿、祭坛、园林、陵墓等建筑群，而紫禁城、王府和皇家园林共同构成了北京内城的皇家文化。秋日行走在故宫之中，感受它的沧桑，思绪总会不自觉地飘荡在它的历史当中，静静的，一种别样的意味油然而生。"

梁思成先生在其《图像中国建筑史》里写道："中国的建筑是一种高度'有机'的结构。它完全是中国土生土长的东西，孕育并发祥于遥远的史前时期，'发育'于汉代（约在公元开始的时候）；成熟并逞其豪劲于唐代（7 至 8 世纪）；臻于完美醇和于宋代（11 至 12 世纪）；然后于明代初叶（15 世纪）开始显出衰老羁直之象。"

我们需回溯至数十万年以前的史前时期，于高山大河间探访我们祖先的足迹。

一、原始人的住处 /112
二、宫室出现了 /116
三、中国建筑的"发育"时期 /119
四、豪劲时期 /122
五、醇和时期 /126
六、羁直时期 /128

一、原始人的住处

在中国，距今约五十万年前的旧石器时代初期，原始人曾利用天然崖洞作为自己的住所。北京周口店猿人遗址，就是这个时期原始人居住的遗存。

中国猿人大约是几十人结成一群，依靠狩猎和采集树籽果实为生。他们居住的洞穴在周口店附近的龙骨山东侧，东临小河。河两岸是他们的主要猎场，河滩的砾石和山中出产的燧石、石英是他们制作石器的原材料。他们在洞里躲避风雨，用火来御寒、烧烤食物和抵御野兽。

但洞穴并不是随处都有。在没有洞穴的地方，他们该怎么办呢？

到了新石器时代，黄河中游的氏族部落利用黄土为壁体，开挖土穴，用木架和草泥建造简单的穴居和浅穴居，逐步发展成为地面上的建筑，形成聚落。这大概便是最早也最简陋的房屋雏形。

中国古代典籍对此多有记载。《易辞·系卦》载："上古穴居而野处。"《礼记》载："昔者先王，未有宫室，冬则居营窟，夏则居橧巢。"所谓"营窟"，就是用泥土垒成的洞窟，冬天住在那里暖和，这大概是向冬眠的野兽学习的结果；所谓"橧巢"，就是在

复原的河姆渡文化遗址。在2800平方米考古发掘现场内，布满密密麻麻的木建筑构件。摄影：周默。

树上用木头搭成的巢穴，夏天住在那里凉快，这大概是向鸟儿们学习的结果。《庄子》的记载更为详细些："古者禽兽多而人少，于是民皆巢居以避之，昼拾橡栗，暮栖木上，故命之曰有巢氏之民。"《韩非子·五蠹》载："有圣人作，构木为巢以避群害，而民悦之，使王天下，号之曰有巢氏。"

有巢氏的出现，是中华文明史上值得大书特书的一件大事。今天的我们，无论用多么华美的语言去赞美他，都不为过。

翻检汉字，我们还能看出上古先民们巢居的遗韵。如"构"：古字为"篝"。从木，篝声。字本作"篝"，金文像屋架两面对构形，其本义为"架木造屋"。

又如"栖"：栖为形声字。从木，从西，"西"指夕阳西下，"木"指树木。"木"与"西"联合起来，表示"太阳下山的时候，鸟儿回到树上的巢里"。"栖"亦写作"棲"，从木、从妻，"妻"代表"妻室"，即"家"，指雄鸟回到有雌鸟孵蛋的窝里。《新华字典》里，木旁的汉字达到三百多个，可见木材与我们的生活多么相关。

位于浙江省余姚县（今余姚市）的河姆渡文化遗址，是中国南方早期新石器

河姆渡人干栏式建筑复原图。摄影：周默。

时代遗址，距今约 7000 年。河姆渡的干栏式建筑遗址，是我国目前所发现的最早的干栏式建筑的实物。所谓干栏式建筑，是指在木、竹柱底架上建造的高出地面的房屋，主要分布于长江以南地区。这种建筑有许多好处：可临水而居，可免填挖地基，也可防野兽和敌人袭击，是水乡建筑杰作。

河姆渡人就地取材，用柱和梁做成构架，来承托树木枝干结成的方格网状檩架的屋面，然后铺设茅草或树皮完成屋顶防雨遮阳的工程。这种以梁柱为主的构架结构技术，是建筑技术上的一项重大发明，奠定了中国传统木构古建筑的基础。

河姆渡遗址还出土了上百件带榫卯的木构件，从形式看，有柱头及柱脚榫、梁头榫、带销钉孔的榫、燕尾榫、平身柱卯眼、转角柱卯眼、直棂栏杆卯眼等。平身柱卯眼即中柱上的卯眼，转角柱卯眼即檐柱上的卯眼，与梁配合使用，使中柱和檐柱、中柱与中柱、檐柱与檐柱紧密连接，从而构成十分稳定的屋架，使地板铺设得到可靠保证。只有榫卯发明以后，特别是带销钉孔榫应用以后，加强了梁柱之间的连接，凌空的干栏式建筑才能稳稳立住。可以说，没有榫卯木作技术，就不会有河姆渡干栏式建筑。另外，还出土了数件带企口的构件，其中有的企口内出土时还插有一块砍削成梯形截面的木块。

顺便解释一下，榫卯是两个构件采用凹凸部位相结合的一种连接方式，其凸出部分叫榫，凹进部分叫卯。所谓企口，是两块平板相接，板边分别起半边通槽口，一上一下搭合拼接，防止透缝的构造。

这些榫卯和企口技术，我们一直沿用至今。

在海南省五指山市毛阳镇牙合村委会初保村，有我国保留最完整的黎族民居群。初保村依山而建，五十多户人家全部住在极富黎族特色的干栏式楼房里。楼分上下两层，上层住人，下层与地面隔开，或关养畜牲，或堆放柴火，一般以竹板或木板为底板。用茅草盖顶，用木板或竹笆成墙，内设一间厨房，有灶火塘，供做饭之用。有的家门口还有个竹笆阳台，供人歇息、晾晒什物或小孩玩耍。

另外，我们还可以在湖南、重庆、贵州、云南等地的山区看到干栏式建筑。吊脚楼亦称"吊楼"，多依山靠河就势而建，一半用本地产杉木或松木支撑悬空，一半倚崖为基，所以称其为半干栏式建筑。

二、宫室出现了

中国黄河流域氏族社会的晚期，私有制开始萌芽。公元前21世纪，中国历史上第一个朝代——夏朝建立，标志着奴隶制国家的诞生。据文献记载，夏朝曾修建城郭沟池、宫室台榭等，可惜的是，我们的考古至今尚未发现夏朝建筑的遗迹。

商朝开始使用青铜器，青铜手工业相当发达。从留存至今的青铜器来看，其形制精美，花纹厚重而繁密。商朝的甲骨文是中国已知最早的象形文字，文字数目达到四千以上。从一些有关建筑的字比如"宅"、"宫"、"高"、"京"、"亯"、"囷"、"宗"、"贮"等来看，可以推测当时房屋下部有些在地面上建台阶，有些使用干栏式构造。

1928年开始发掘的河南安阳殷墟遗址，为我们清晰地展现了商朝建筑的面貌。

商朝的都城曾数次迁移，最后建都于殷，即今安阳西北两公里的小屯村一带。1973年以前，这里发掘的53座建筑基址，是殷墟宫殿宗庙区的主体，也是殷王都全盘规划、布局结构的重心所在，被考古学者划分为甲、乙、丙三组基址。甲组建筑基址共发现15座，是宫殿宗庙区内建设时间最早、使用时间最长的建筑，被认为是商王室的宫室、寝居之所。乙组建筑共发现21座，多数结构繁复，面积巨大，互相连属，被认为是殷王室的宗庙建筑。丙组共发现17座，被认为是商王室的祭坛建筑。

目前，在宫殿宗庙区已发现大型夯土建筑基址80余座。这些建筑基址形制阔大、气势恢宏、布局严整，按照中国古代宫殿建筑"前朝后寝、左祖右社"的格局依次排列。专家复原的乙二十仿殷大殿，是宫殿宗庙区主要建筑之一。该建筑以黄土、木料作为主要建筑材料，坐落于厚实高大的夯土台基上，房基置柱础，房架用木柱支撑，墙用夯土版筑，屋顶覆以茅草，正如《周礼·考工记》中记载的"茅茨土阶、四阿重屋"式的建筑风格，造型庄严肃穆、质朴典雅，具有浓郁的中国宫殿建筑特色。整座建筑规模巨大、左右对称，反映出中国古代建筑特有的均衡感、秩序感和审美意趣，集中体现了殷商时期的宫殿建设格局、建筑艺术、建筑方法、建筑技术，代表了中国古代早期宫殿建筑的先进水平。

考古学家们在陵墓区发现了几十座大墓，其中最大的墓面积达到 460 平方米，墓道各长 32 米。墓穴中央用巨大的木料砍削成长方形断面，互相重叠，构成井干式墓室——称为"椁"。我们由此推测，当时除了梁柱构造方法外，应该还有井干式构造壁体。

20 世纪 30 年代，梁思成先生曾几次来此考察，赞叹道："这些柱础的布置方式证明着当时就存在着一种定型，一个伟大的民族及其文明从此注定要在其庇护之下生存，直到今天。"

周朝先后有两个都城，即首都镐京，在今陕西西安西南；东都洛邑，在今河南洛阳。镐与洛邑的建筑遗址迄今尚未发现，但成书于战国的《考工记》，清晰地记载了周朝的都城制度："匠人营国，方九里，旁三门。国中九经九纬，经涂九轨。左祖右社，面朝后市。"这句话的意思是说，匠人营建都城，九里见方，都城的四边每边三门。城中有九条南北大道、九条东西大道，每条大道可容九辆车并行。王宫的左边是宗庙，右边是社稷坛；宫殿前面是群臣朝拜君王的地方，后面是市场。

《左传》和《礼记》都记载，周朝宫室的外部有"阙"，阙既有防御作用，也是朝廷揭示政令的所在。其次，有五层门，分别是皋门、库门、雉门、应门、路门，以及处理政务的三朝：大朝、外朝、内朝。其中，"阙"在汉唐间依然使用，后来逐步演变为明、清的午门。三朝和午门被后代附会、沿用，在很大程度上影响了隋朝以后历朝宫室建筑的外朝布局。至于当时的内廷宫室虽不明了，但是春秋时代的鲁国已有东西二宫。鲁国的宗庙前堂称大庙，中央有重檐的大室屋，可能后部还有建筑。从汉朝起，统治阶级的祭祀建筑如太庙、社稷、明堂、辟雍等也多附会周朝流传下来的文献和传统进行建造。

宋代以来的许多学者，根据《仪礼》所载礼节，研究春秋时代士大夫的住宅，已大体判明住宅前部有门。门是面阔三间的建筑，中央明间为门，左右次第为塾。门内有院。再次为堂。堂是生活起居和接见宾客、举行各种典礼的地点，堂的左右有东西厢，堂后有寝卧的室，都包括在同一座建筑内。堂与门的平面布置，一直沿用到汉初都没有太大的改变。

虽然我们再也看不到周朝建筑的实物，但其建筑规制对后世的影响之大，至今余韵不绝。对此，梁思成先生骄傲地说："尽管中国不断遭受外来的军事、文化和精神侵犯，这种体系竟能在如此广袤的地域和长达四千余年的时间中常存不败，且至今还在应用而不易其基本特征，这一现象，只有中华文明的延续性可以与之相提并论，因为，中国建筑本来就是这一文明的一个不可分离的组成部分。"

唐人杜牧的《阿房宫赋》说："五步一楼，十步一阁；廊腰缦回，檐牙高啄；各抱地势，钩心斗角。盘盘焉，囷囷焉，蜂房水涡，矗不知乎几千万落。"阿房宫最终没有建成便毁于战火，"楚人一炬，可怜焦土"。在今陕西西安西郊三桥镇以南，保存着面积约六十万平方米的阿房宫遗址。在这里，考古学家先后发掘出夯土台基、城垣遗迹，以及云纹瓦当、板瓦、残砖、石柱础、陶水管道等建筑遗物，至于阿房宫的规制细节，却永远湮没在历史的烟尘里。

梁思成先生感叹道，西方习惯用石材建筑，中国人却习惯用木头建筑。木质建筑结构轻便节省，却易于焚毁、又受到风雨和蛀虫的侵蚀，坚石结构劳民伤财，却更经得风沙水火的侵蚀，故上古规模宏大之建筑，西方留有埃及金字塔、罗马竞技场等遗迹，而中华之建筑则更难保存——这也是中国与西方建筑之根本区别之一。

三、中国建筑的"发育"时期

汉代是中国建筑的"发育"时期，但现在我们已经找不到存世的汉代木质建筑了。

西汉之初由于经济凋敝，仅修建了未央宫、长乐宫和北宫，直到汉武帝时国力大增，才开始大建宫苑。未央宫建于汉高祖七年（公元前200年），是大朝所在地，毁于唐末战乱，存世1041年，是中国历史上使用朝代最多、存世时间最长的皇宫。

今天，在未央宫遗址上，我们只能看到残破的台基断垣，以及徒增愁绪的秦砖汉瓦。

幸好，我们还有些地上、地下的文物，保留着源自祖先的文化。梁思成先生说："在建筑上真正具有重要意义的最早遗例，见于东汉时期（25–220年）的墓。"梁先生把这些墓分为三类：一是崖墓；二是独立的碑状建筑物——阙，多数成双，是对当时木构建筑的简单模仿；三是供祭祀用的小型石屋——石室，一般位于坟丘前。它们虽然都是石造，但清晰地表现出了斗拱和梁柱结构的基本特征，让我们得以一窥汉代建筑的风貌。

所谓斗拱，又称枓栱、斗科、欂栌、铺作。在立柱顶、额枋和檐檩、构架间，从枋上加的一层层探出成弓形的承重结构叫拱，拱与拱之间垫的方形木块叫斗，两者合称斗拱。

冯焕阙，位于四川省达州市渠县北土溪赵家坪。阙为双体，东西各一，现仅存东阙，高4.38米，由阙基、阙身、枋子层、介石、斗拱层、阙顶六部分组成，是一座完整的仿木结构建筑。拱眼壁上，正面青龙，背面玄武，刻划细腻，刀法娴熟。顶部仿双层檐，庑殿式，筒瓦，瓦纹草叶。阙上有铭文："故尚书侍郎河南京令豫州幽州刺史冯使君道"。

从这些遗例之中，梁先生总结汉代建筑的突出特点：一、柱呈八角形，冠以一个巨大的斗，斗下常有一条带状线道，代表皿板即一方形小板。7或8世纪即唐朝之后，这一构件即不复见。二、拱呈 S 型，这不像是当时实有木材的成型方式。三、屋顶和檐都由椽支撑，上面覆以筒瓦，屋脊上有瓦饰。

美国阿特金斯博物馆藏有一件汉代陶制彩绘明器，让我们一睹汉代住宅的风貌。这座住宅的侧面呈 L 字形，并以墙围成一个庭院。它共有三层，在檐下、阳台下面都用了斗拱，而且在第三层使用了转角斗拱。大门两侧的角楼与华北地区所见的石阙相似。这些模型清楚地表现了汉代建筑的木架构体系，也让我们再次看到了斗拱在中国古代建筑中占有决定性的作用。

从这些明器和画像石中，我们也可以看到后世所用的所有五种屋顶结构：庑殿、硬山、悬山、歇山、攒尖。当时筒瓦的作用已和今天一样了。

所谓庑殿，即庑殿式屋顶，由一条正脊和四条垂脊共五脊组成，因此又称五脊殿，由于屋顶有四面斜坡，故又称四阿顶。庑殿顶又分为单檐和重檐两种，所谓重檐，就是在上述屋顶之下，四角各加一条短檐，形成第二檐，太和殿就是重

现存于西安市博物馆的汉代"彩绘房形仓"。摄影：周默。

檐庑殿顶，而英华殿、弘义阁、体仁阁则为单檐庑殿顶。庑殿式是各屋顶样式中等级最高的，明清时只有皇家和孔子殿堂才可以使用。

硬山外观呈人字形，两侧山墙平于或略高于屋顶，屋顶双坡交界处多砖砌瓦垒，山墙两际或砌以方砖博风板，近屋角处迭砌墀头花饰。悬山有前后两坡，从基座结构、柱网分布到正身梁架、屋面瓦饰、脊饰等与两坡硬山基本相同，不同的是它的屋面悬挑出山墙以外，檩桁未被封护在墙体以内，而悬在半空，故名悬山，亦称挑山。歇山顶在规格上仅次于重檐庑殿顶，是两坡顶加周围廊形成的屋顶式样，它有九条屋脊，即一条正脊、四条垂脊和四条戗脊，因此又称九脊顶，其正脊两端到屋檐处中间折断了一次，分为垂脊和戗脊，好像"歇"了一歇，故名歇山顶。攒尖屋顶坡度较陡，无正脊，数条垂脊交合于屋顶部，形成尖顶，故曰攒尖，多见于亭、阁及园林建筑。

海南省昌江县王下乡洪水村的船形茅草屋。摄影：周默。

四、豪劲时期

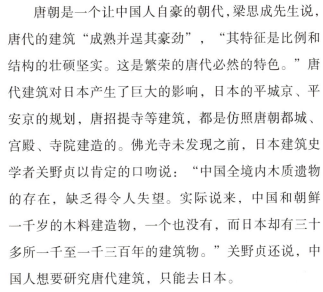

山西佛光寺一角。摄影：周默。

唐朝是一个让中国人自豪的朝代，梁思成先生说，唐代的建筑"成熟并逞其豪劲"，"其特征是比例和结构的壮硕坚实。这是繁荣的唐代必然的特色。"唐代建筑对日本产生了巨大的影响，日本的平城京、平安京的规划，唐招提寺等建筑，都是仿照唐朝都城、宫殿、寺院建造的。佛光寺未发现之前，日本建筑史学者关野贞以肯定的口吻说："中国全境内木质遗物的存在，缺乏得令人失望。实际说来，中国和朝鲜一千岁的木料建造物，一个也没有，而日本却有三十多所一千至一千三百年的建筑物。"关野贞还说，中国人想要研究唐代建筑，只能去日本。

关野贞其实并没有恶意，但梁思成、林徽因夫妇心里还是不服气。1932–1937年间，两人率领考察队实地考察了137个县市的1823座古建筑，却没有找到唐代木结构建筑。这期间，梁思成偶然看到了由法国汉学家伯希和拍摄的一本《敦煌石窟图录》，其中61号洞中有一幅唐代壁画"五台山图"，图中有一座叫"大佛光之寺"的庙宇引起了梁思成的注意。循着这条线索，两人立即前往五台山，终于发现了现存的第一个唐代木结构建筑——大佛光寺。

那会儿匪患不断，梁思成一行人由警察护送，一路上历尽艰险。梁思成在《记五台山佛光寺的建筑》里回忆说："1937年6月，……我们骑驮骡入山，……到了黄昏时分，我们到达豆村附近的佛光真容禅寺，瞻仰大殿，咨嗟惊喜。我们一向所抱着的国内殿宇必有唐构的信念，一旦在此得到一个实证了。"

1937 年 7 月 5 日，梁思成如此记录："工作数日，始见殿内梁底隐约有墨迹，且有字者左右共四梁。但字迹为土朱所掩。梁底距地两丈有奇，光线尤不足，各梁文字，颇难确辨。审视良久，各凭目力，揣拟再三，始得官职一二，不辨人名。徽因素病远视，独见'女弟子宁公遇'之名，甚恐有误，又细检阶前经幢建立姓名。幢上有官职者外，果亦有'女弟子宁公遇'者称'佛殿主'，名列诸尼之前。'佛殿主'之名既书于梁，又刻于幢，则幢之建造当与殿为同时。即非同年兴工，幢之建立要亦在殿完工之时也。殿之年代于此得征。"

佛光寺始建于北魏孝文帝太和五年（公元 481 年），先后遭遇北周武帝灭佛、唐武宗李炎灭佛，屡建屡毁，现在我们看到的佛光寺，是唐大中十一年即公元 857 年重建的。

《图像中国建筑史》介绍，佛光寺大殿为单层、七间，其严谨和壮硕的比例让人印象深刻。巨大的斗拱共有四层伸出的臂即"出跳"——两层华拱，两层昂（昂：是斗拱中斜置的构件，起杠杆作用，利用内部屋顶结构的重量，平衡出挑部分屋顶的重量。），即"双抄双下昂"，斗拱的高度约等于柱高的一半。经测量，斗拱断面尺寸为 210×300 厘米，是晚清斗拱断面的十倍；殿檐探出达 3.96 米，这在宋以后的木结构建筑中也是找不到的。每个构件都有其结构功能，从而使整栋建筑显得非常庄重，这也是后来的建筑所没有的。

大殿的内部典雅端庄，月梁横跨内柱间，两端各由四跳华拱支承，将其负重传递到内柱上。殿内所有梁的各面都呈曲线，与大殿庄严的外观恰成对照。月梁的两侧微凸，上下则略呈弓形，使人产生一种强劲有力的观感，这是直梁所不具备的。

从结构演变阶段的角度看，佛光寺的最重要之处就在于有着直接支撑屋脊的人字形架构。在最高一层梁的上面，有互相抵靠着的一对人字形叉手以撑托脊檩，而完全不用侏儒柱（即瓜柱，是一种下端立于梁、枋之上的短柱，用于支顶上层檐或平座支柱，其断面或方或圆，功用与檐柱、金柱相同。宋时瓜柱叫侏儒柱或蜀柱，明以后称瓜柱、童柱。）。这是早期架构方法国内留存下来的一个仅见的实例，被梁思成先生称为"中国第一国宝"。

日本奈良东大寺是公元 728 年，由信奉佛教的圣武天皇所建，其正面宽度 57 米，深 50 米，高 48.74 米，为世界最大的木质建筑。大佛殿内，放置着高达 15 米的卢舍那大佛像。东大寺院内还有南大门、二月堂、三月堂、正仓院等建筑。

东大寺和中国渊源颇深。其一，东大寺完整地保留了唐朝初期的建筑风格。公元 753 年，鉴真和尚东渡日本，在大佛殿前临时建造的戒坛上向圣武太上皇等僧俗授戒（传授戒律）。大佛殿西侧的戒坛院即是鉴真和尚平时传授戒律的场所，内设授戒室、讲堂、僧房，规模较小。其二，1180 年，东大寺遭受兵乱而被烧毁，日本举国惋惜。当时主持修复工程的日本高僧重源曾三次入宋，学习佛法和建筑技术。为重建东大寺，当时已 61 岁的重源不顾年迈，游历诸国劝募重建资金，由陈和卿等南宋匠师按照旧貌复建，历 25 年方完成重建。

东大寺雄壮巍峨，其大门柱子之高大，远远超出了一般建筑的形制。为了容纳卢舍那大佛，大殿用金字塔形的搭建结构，其牢固与壮观浑然天成，在地震频发的日本竟然完整地保留至今，不能不说是个奇迹。

山西佛光寺斗拱结构。摄影：周默。

五、醇和时期

宋朝建筑的规模一般要比唐朝小，无论群体还是单体建筑都没有唐朝那种宏伟刚健的风格，却更为秀丽、绚烂而富于变化，出现了各种复杂形式的殿台楼阁，灿烂的琉璃瓦和精致的雕刻花纹、彩画增加了建筑的艺术效果。梁思成先生说，宋代建筑"其特点是比例优雅、细节精美""在风格的演变中最引人注目的，就是斗拱规格的逐渐缩小，到1400年前后已从柱高的约三分之一缩至约四分之一。"

宋代的木制建筑遗存不多，多集中在山西。《图像中国建筑史》介绍，山西太原晋祠圣母殿是一组带有园林风味的祠庙建筑，建于北宋初年约1030年，东向，面阔七间，进深六间，重檐歇山顶，四周施围廊，是《营造法式》所谓"副阶周匝"形式实例，所不同的是前殿深两间，而殿内无柱，使用通长三间即六架椽的长栿承载上部梁架负重。此殿斗拱用材较大，室内采用彻上露明造（也叫彻上明造，是指屋顶梁架结构完全暴露，使人在室内抬头即见屋顶的梁架结构），显得内部甚为宽敞。殿内有四十尊侍女塑像，神态各异，是宋塑中的精品。外观上，其殿角柱生起颇为显著，而上檐柱尤甚，使整座建筑具有柔和的外形。

圣母殿前的"鱼沼飞梁"是一座平行十字形的桥，四向通到对岸，起着殿前平台的作用。桥下立于水中的石柱和柱上的斗拱、梁木都是宋朝原造。飞梁前面有建于金大定八年（公元1168年）的献殿，面阔三间，单檐歇山顶，造型轻巧，风格上与主要建筑圣母殿和谐一致。

佛光寺内还隐藏着一座独特的宋代建筑，那就是佛光寺的配殿文殊殿，于1937年被梁思成、林徽因夫妇发现。它是一栋面广七间悬山顶的殿，其斗拱做法与隆兴寺、晋祠相似，但其内部的构架却是个有趣的孤例。由于它特殊的构架，其后部仅在当心间用了两根内柱，致使其左、右柱的间距横跨三间，长度竟达约14米。如此大跨度的木材难觅，营建的匠师灵机一动，采用了一个类似于现代双柱式桁架的复合架构。从结构的角度来看，它不是一个真正的桁架，并没有起到其设计者所预期的作用，以至于后世不得不加立辅助的支柱。

我和吾兄于 2009 年 5 月从太原出发，一路向北，先后考察了佛光寺、悬空寺、应县木塔等木构，我又于 2018 年 9 月专程造访晋祠圣母殿，发现一个有趣的现象：这些木构不约而同地使用了山西本地所产之油松。

为规范建筑标准、防止贪污，宋哲宗元祐六年即公元 1091 年，朝廷责成将作监第一次编成《营造法式》，此书史称《元祐法式》。《元祐法式》颁行后，取得了一定效果，但在实践中发现该书缺乏用材制度，工料太宽，不能有效防止工程中的各种腐败行为。绍圣四年即公元 1097 年，宋哲宗赵煦令将作少监李诫重新编修《元祐法式》。李诫接诏后不敢怠慢，一方面参阅大量文献，一方面下到民间向工匠们学习，编成流传至今的《营造法式》，于崇宁二年即公元 1103 年刊行全国。《营造法式》共 34 卷，内容可分为五个方面：释名、各作制度、功限、料例和图样，前面还有"看详"和目录各一卷。

《营造法式》面世之后的八百多年间，由于建筑术语和形式都发生了巨大的变化，更由于匠人的社会地位不高，文人们轻视技术和体力劳动，此书逐渐湮没近乎失传。如果不是 20 世纪三四十年代中国营造学社的朱启钤、梁思成、刘敦桢等学者们悉心研究，冒着纷飞的战火考察散落于中国各地的古代建筑，破译了书中许多奥秘，或许我们就看不到这部伟大的著作了。

现存的宋代建筑中，建造年代与《营造法式》最接近的当属少林寺初祖庵。初祖庵建于北宋宣和七年（公元 1125 年），距《营造法式》刊布天下仅 22 年。其原有山门、配殿、千佛阁等早已毁去，现仅存大殿以及清代建造的两个方亭，以及近代重建的千佛阁。大殿为方形，面阔、进深各三间，殿内外共用 16 根同高的八角石柱，其中一根有"宣和七年韶州人刘善恭施柱"题名，是此殿断代的依据。

初祖庵的总体结构相当严格地按照《营造法式》的规定，其斗拱更是完全遵循了有关则例。踏道侧面的三角形象眼厚度逐层递减，恰如《营造法式》所规定的那样。

六、羁直时期

历史来到了明、清两朝。令人惋惜的是，两朝在建筑审美上出现了令人费解的倒退。梁思成先生把这一时期命名为中国建筑的"羁直时期"，时间从约公元1400年至公元1912年。羁直时期的特点是"建筑普遍趋于僵硬；由于所有水平构件尺寸过大而使建筑比例变得笨拙；以及斗拱（相对于整个建筑来说）尺寸缩小，因而补间铺作攒数增加，结果竟失去其原来的结构功能而蜕化为纯粹的装饰品了。"

1403年明成祖朱棣夺取帝位，随后迁都北京，费14年营建皇城。清朝只是经过部分的重建和改建，总体布局基本没有变动。

故宫基本上是依照《礼记》、《考工记》的规定来建造的，如社稷坛位于宫城前面的西侧即右边，太庙位于东侧即左边，是依照周礼"左祖右社"的制度；太和、中和、保和三殿是依照"三朝"制度，大清门到太和门间五座门是依照"五门"制度；前三殿后三宫是依照"前朝后寝"的制度等等。为了显示整齐严肃的气概，全部建筑严格对称地布置在中轴线上。整个宫城以前三殿为重心，其中又以举行朝会大典的太和殿为其主要建筑。

故宫的午门，想必看多了古装剧的读者都很熟悉，因为皇帝一发火就说"推出午门斩首"。其实，明、清两朝处斩犯人都在菜市口。午门是紫禁城的正门，在自家的大门口杀人，这都是那些不靠谱编剧的无稽之谈。

午门虽不杀人，但打屁股还是可以的。朱棣迁都北京后，午门前的西墀下便成为行杖的固定场所。《叔子文集》载："众官朱衣陪到午门外西墀下，左中使，右锦衣卫，各三十员，下列旗校百人，皆衣臂衣，执木棍。宣读毕，一人持麻布兜，自肩背以下束之，左右不得动，一人缚其两足，四面牵拽，唯露股受杖，头面触地，地尘满口中。"正德十四年（1519年）的"谏南巡"事件，众多大臣在午门前罚跪五天，杖打146人，打死16人——注意，这是杖死，不是斩首。

太和、中和、保和三大殿皆以金砖铺地。金砖的质地并非黄金，是专供宫殿等重要建筑使用的一种高质量铺地方砖，因其质地坚细，敲之若金属般铿然有声，故名金砖。明张问之《造砖图说》曰："自永乐中，始造砖于苏州，责其役于长洲窑户六十三家。"

三大殿于永乐十八年即1420年建成后，相隔九个月便被一场大火烧光，直到正统六年即公元1441年重新建成。而后又在1557年、1597年两次失火，每次重建都要动用全国的财力、人力。每次火灾都由雷电引起，当时的人们没有掌握避雷针的知识，又因三大殿是一组相连的木构，所以一旦失火，便延烧无疑。

梁思成于1935—1936年测绘故宫时，根本就没想到还能在这里发现明代建筑。

1644年3月19日清晨，李自成率领"大顺军"攻进北京城，逼得崇祯皇帝于景山（又名煤山）自缢。与此同时，吴三桂投降清廷，清军破关而入。4月29日，李自成在武英殿仓皇即位，在皇帝宝座上坐了一天，随即西逃。临走，他放了一把火。《明史·流贼》载："是夕，焚宫殿及九门城楼。"

这一年，清顺治皇帝迁都北京。在群臣的簇拥下，顺治帝步入这座满人朝思暮想了数十年的宫殿，但举目望去，只见焦土之上，一片残垣断壁。最后，他的即位大典只能在尚算完整的皇极门举行。

保和殿在明初名谨身殿，后改称建极殿，明末曾一度称位育殿，一直保留至今。梁思成在测绘过程中，发现藻井以上童柱标识，楷书"建极殿右（或左）一（或二三）缝桐柱"墨迹，足证其为明构无疑。梁先生据此认定，建极殿是1615年一场火灾后重建的，它非但躲过了1644年的那场大火，还躲过了清康熙十八年的一场大火。在这两场大火中，太和、中和两殿均遭焚毁，唯独保和殿幸免于难。

梁先生考察发现，保和殿面阔9间，进深5间，屋顶为重檐歇山顶，上覆黄色琉璃瓦。上檐为单翘重昂七踩斗拱，下檐为重昂五踩斗拱。斗拱纤小，当心间补间铺作用至8朵之多。内外檐均为金龙和玺彩画，天花为沥粉贴金正面龙。六架天花梁彩画极其别致，与偏重丹红色的装修和陈设搭配协调，显得华贵富丽。殿内金砖铺地，坐北向南设雕镂金漆宝座。东西两梢间为暖阁，安板门两扇，上加木质浮雕如意云龙浑金毗庐帽。建筑上采用了减柱造做法，将殿内前檐金柱减去六根，使空间宽敞舒适。

梁先生稍显失望地写道："此殿与清《工程做法则例》时期的其他建筑，无论在整体比例上还是在细节上都大体相同，以致若非在藻井以上发现了每一构件上都有以墨笔标明的'建极殿'某处用料字样，人们是很难确认它为清代以前遗构的。"

除了保和殿，还有一处典型的明代建筑裬恩殿。裬恩殿建于1403—1424年，是明十三陵长陵中的主要建筑，几乎完全仿照永乐皇帝在皇宫中听政的奉天殿而建，其面广9间，深5间，较之北京故宫太和殿深度虽稍逊，而广则过之，面积则大致相等，同为国内最大之木构。支撑殿顶的60根楠木大柱十分粗壮，最粗的一根重檐金柱，高12.58米，底径达到1.124米，世所罕见。殿内有12根金丝楠木大柱，中央四根大柱的直径达1.17米，高约23米，质量之高，形体之大，在建筑史上绝无仅有。楠木防虫防蛀耐腐蚀，直丝直纹，纵向承重能力强。裬恩殿建成至今已逾六百年，经历雷击、地震，依然巍巍挺立。梁思成先生评价说："其斗拱在比例上极小，但昂尾却特长。补间铺作有8间之多，都是纯装饰性的。在这一时期的最初阶段，这么小的斗拱和这么多的补间铺作都是少见的。然而，这座建筑的整个效果还是极其动人的。"

广西容县的真武阁，始建于明万历元年（公元1573年），全阁为杠杆式纯木结构，20根笔直挺立的巨柱中，8根直通顶楼，是三层楼阁全部荷载的支柱。柱之间用梁枋相互连接，柱上各施有4朵斗拱，上面承托4根棱木，有力地把楼阁托住。二层楼的4根大内柱，虽承受上层楼板、梁架、配柱和阁瓦、脊饰的沉重荷载，柱脚却悬空离地3厘米，是全阁结构中最精巧、最奇特的部分。这是"杠杆原理"所造成的悬柱奇观，就是将从底层通到二层的8根通柱，变成二、三层的支点，在通柱上分上下两层横贯72根（每柱9根，共72根）挑枋，这些挑枋像天平上的横杆一样，外面长的一端挑起宽阔的瓦檐，里面短的一端挑起二层的内柱，使它头顶千斤，脚不落地。1962年，梁思成先生考察真武阁后写道："在木构建筑中，乃至在任何现代的金属结构中，主要依靠这种杠杆作用来维持一座建筑物的平衡，是从来没有看见过的。"

特别要指出的是，此阁全部用容县本地所产的格木建成。格木，别名铁力木、铁棱、铁栗、石盐、东京木、潮木等，产广西玉林及周围地区，广西西部及越南北部。容县所产格木心材红褐色，油性、光泽都极好，材质坚硬，干燥后不收缩变形，耐水耐腐，为制造家具、船只、桥梁、车辆、建筑的良材。

明、清两朝，中、日两国之间的文化交流依然频繁。在日本岩国市的锦川之上，横卧着一座奇特美丽的锦带桥，被列为日本三大名桥之首，就是仿杭州锦带桥而建的。这其中，有一个曲折的故事。

锦川上原本有一座简陋的木板桥，但水涨即毁，当时岩国藩第三代藩主吉川广嘉苦思冥想，怎样才能造一座水冲不走的桥？吉川广嘉生来体弱多病，1665年，僧人独立应邀给他看病。独立原名戴笠，万历年间生于杭州，进士出身，通医术。明亡，戴笠不愿仕清，于1653年3月流亡日本，次年皈依佛门，僧名独立，时年58岁。

在治病的过程中，吉川广嘉向独立倾诉了心中的烦恼。独立手头刚好带有图文并茂的《西湖游览志》，于是向他介绍了杭州极为有名的断桥，又介绍了书中没画上的锦带桥。锦带桥旧称碧涵桥，《西湖志》载："锦带桥在十锦塘，架木为梁。圣祖仁皇帝（即康熙）临幸孤山，御舟由此转入里湖，后甃以石，桥平如带，因名。"白居易谓白沙堤"草绿裙腰一道斜"，此桥宛如束在裙腰上的一条锦带，远远望去，木桥似在微风中起舞，桥如锦带，锦带如桥，使西湖更增妩媚。

锦带桥，锦川！吉川广嘉眼睛一亮，决定将这座还未建成的桥命名为锦带桥。

锦带桥于1673年动工兴建，其后数次重建。全桥只用包铁和插销固定，其结构兼备独创性与合理性，精巧结构使得这座五连拱桥坚韧而强劲，犹如轻柔的波浪，舞动出典雅的韵律。此外，桥梁、桥墩以及河床基石等都独具匠心，特别是桥拱部的构造富于独创性。用较短的建筑材料打造出长达35米的大跨度拱桥，其力学上无懈可击的精湛技术令人赞叹。

吉川广嘉于锦带桥建成五年后的1678年去世，日本人在离锦带桥不到300米的吉香公园里为他铸了一座铜像。如今，岩国市与杭州市结成了友好都市，锦川锦带桥与西湖锦带桥结成了姐妹桥，成就了一段两国文化交流的佳话。

为加强对建筑行业的管理，清廷于雍正十二年 (1734 年) 由工部编定并刊行了《工程做法则例》，此书和宋朝《营造法式》一起，被认为是研究中国建筑的两部文法课本。

梁思成先生比较了宋、清两朝建筑风格的不同，然后总结道："清代建筑的一般特征是，柱和过梁外形刻板、僵直，屋顶坡度过分陡峭；檐下斗拱很小。可能是《工程做法则例》中那些严格的、不容变通的规矩和尺寸，竟使《营造法式》时代的建筑那种柔和秀丽的动人面貌丧失殆尽。"

字里行间，都是惋惜之情。

太和殿是中国现存最大的木结构大殿，屡毁屡建，今殿为清康熙三十四年 (1695 年) 重建后的形制。太和殿是等级最高的宫殿，有四大坡庑殿顶，屋顶仙人走兽多达 10 件。由平地至屋脊高 35.05 米，横广 63.96 米，面阔 11 间，左右各有一夹室，外面不设门；进深 5 间，深 37.2 米，殿内净面积 2377 平方米，天花板下净高 14.4 米。殿内共有 72 根大柱支撑其全部重量，其中顶梁大柱最粗最高，直径为 1.06 米，高为 12.7 米。这些巨材，都是采自东北三省的深山之中的黄松，其纵向承重能力并不输于楠木，且极耐腐蚀。

太和殿的内部装饰十分华丽，檐下施以密集的斗拱，室内外梁枋上饰以级别最高的和玺彩画。门窗上部嵌成菱花格纹，下部浮雕云龙图案，接榫处安有镂刻龙纹的鎏金铜叶。大殿建在一个不高的白石阶基上，下面则是三层带有栏杆的石阶，上面饰有极其精美的雕刻。明间设九龙金漆宝座，宝座两侧排列 6 根直径 1 米的沥粉贴金云龙图案的巨柱，所贴金箔采用深浅两种颜色，使图案突出鲜明。梁思成先生赞叹道："这座巨殿的斗拱在比例上极小——不及柱高的六分之一。当心间的补间铺作竟达 8 攒之多，从远处望去几乎见不到斗拱。大殿的墙、柱、门、窗都施以朱漆，而斗拱和额枋则是青绿描金。整座建筑覆以黄色琉璃瓦，在北方碧空的衬托下，它们在阳光中闪耀出金色的光芒。白石阶仿佛由于多彩的雕饰而激荡着，那雄伟的大殿矗立其上，如一幅恢宏、庄严、绚丽的神奇画面，光辉夺目而使人难忘。"

1945 年 8 月 15 日，日本宣布无条件投降。10 月 10 日，华北战区受降仪式在太和殿广场举行，参加受降仪式的有美、英、苏、法、荷等国代表，前来观看的北平百姓多达 20 余万。10 点 10 分，景山上军号长鸣，太和殿主会场礼炮响起，第 11 战区司令长官孙连仲将军作为中方代表，立于太和殿台基下的受降台正中。日军代表 21 人从太和门左侧入场至受降台前，向孙将军行礼，接着日方的代表根本博中将在投降书上签字并盖章，并将战刀放置在受降桌上，然后从熙和门左门黯然退场。典礼仅有短短的 25 分钟，但是目睹这一幕的中国人无不群情激奋，欢声雷动。

中和殿名出《礼记·中庸》："中也者，天下之本也；和也者，天下之道也。"其位于太和殿、保和殿之间，高 19 米，平面呈方形，面阔、进深各为 3 间，四面出廊，建筑面积 580 平方米，是三大殿中最小的。屋顶为单檐四角攒尖，屋面覆黄色琉璃瓦，中为铜胎鎏金宝顶。殿四面开门，门两边为青砖槛墙，上置琐窗。殿内外檐均饰金龙和玺彩画，天花为沥粉贴金正面龙。殿内设地屏宝座，门窗的形制则取自《大戴礼记》所述的"明堂"，避免了三座大殿的雷同。

自从《工程做法则例》刊行之后，中国建筑的创新被扼杀了，它们作为单个的建筑并不值得称道，但梁思成先生在《图像中国建筑史》里客观评价道："就全局之平面布置论，清宫及北京城之布置最可注意者，为正中之南北中轴线，自永定门正阳门，穿皇城，紫禁城，而北至鼓楼，在长逾 7 公里半之中轴线上，为一贯连续之大平面布局自大清门（明之大明门，今之中华门）以北以至地安门，其布局尤为谨严，为天下无双之壮观。唯当时设计人对于东西贯穿之次要横轴线，不甚注意，是可惜耳。清宫建筑之所予人印象最深处，在其一贯之雄伟气魄，在其毫不畏惧之单调。其建筑一律以黄瓦红墙碧绘为标准样式（仅有极少数用绿瓦者），其更重要庄严者，则衬以白玉阶陛。在紫禁城中万数千间，凡目之所及，莫不如是，整齐严肃，气象雄伟，为世上任何一组建筑所不及。"

第五章：削木为器

我们翻阅史料，不经意间发现给黄花黎上漆，就是从乾隆开始的。如乾隆二年十一月二十一日，司库刘三九、七品首领萨木哈将做得棕竹边柏木心花梨木屉板小格一对持进，安设在养心殿后殿东暖阁宝座两边，太监胡世杰传旨："将此二格仍持出画彩漆，先画样呈览，准时再画，钦此。"又如乾隆十七年十二月初三日，员外郎白世秀来说，太监胡世杰交黑漆面花梨木八仙桌四张、花梨木抽屉炕桌一张，传旨："着做材料用，钦此。"可惜，我没有找到黄花黎上漆家具的实物。

一、原始人有家具吗 /136

二、木质家具在陶寺村出现了 /140

三、低矮家具 /142

四、高坐家具 /148

一、原始人有家具吗

席。席是中国最古老的家具。
摄影：宁心。

人类进化的历史，漫长得找不到确切的源头。在数以万年计的原始社会时期，古人类的生产水平极为低下，男人狩猎、女人采集，累了就在山石、枯木上歇会儿，将养力气。这山石、枯木便是天赐给他们的原始家具了。

在这幕天席地的漫长岁月里，社会成员之间的关系是平等的，没有贵贱，没有贫富，共同劳动，共同消费。那时候，人们从事生产劳动的基本工具是石器，即所谓"石器时代"。按照石器制作的方式划分，以石头互相打击的方式制成石器的时代，为"旧石器时代"；到了距今约一万年至四五千年前，人们改进了石器工具，从打制石器发展到了磨制石器，即为"新石器时代"。在旧石器晚期，古人发明了席子，我们于是就有了"席地而坐"这个成语。

席是中国最古老的家具，它出现于什么时候已不可考。《礼记·礼运》记载："昔者先王……食草木之实，鸟兽之肉，饮其血，茹其毛，未有麻丝，衣其羽皮。"1930年，考古学家在北京周口店龙骨山顶部，发掘出生活于2万年前后的古人类化石，并命名为"山顶洞人"。在那里，考古学家发现了磨制精美的骨针和骨锥。这两种工具的发明，客观证明了当时人们的缝纫技术，也证明了"衣其羽皮"的可能性。

田螺山文化遗址出土的木质蝶形
器。摄影：周默。

田螺山文化遗址出土的木板，有
明显的砍削痕迹。摄影：周默。

田螺山文化遗址出土的木器。
摄影：周默。

浙江余姚田螺山文化遗址，是浙江省发现和发掘的又一处重要的河姆渡文化遗址。2010年左右，考古队员在遗址中河姆渡人住的房子附近找到了数十片席子残片，最大片的有1平方米左右，大部分和椅子上的坐垫差不多大。这些残片在烂泥里凸显，纵横交错的纹路很是明晰，其编法和现在席子的编法差不多。在这里，考古学家还发掘出骨针、管状针、梭形器、玉质的纺轮，说明那时的人们已经熟练地掌握了纺织技术。

田螺山文化遗址距河姆渡文化遗址仅有7公里，距今同样已有7000年，这说明，至少在那时中国人已经开始使用席。此后，我们在多处文化遗址都发现了席的踪影，席的种类、纹饰也变得多种多样起来。《周礼》严格规定了五席制度，不得僭越。这五席是：缫席、次席、莞席、蒲席、熊席。五席仅限于社交之用，丧葬另备莩席或荻席。过去的数千年间，穷人薄葬即裹席一领，即源自《周礼》。

在河姆渡文化遗址、田螺山文化遗址，我们都发现木制的干栏式建筑，也发现了精妙的榫卯结构、精湛的雕刻工艺、生动逼真的陶塑、优美的刻划装饰与绚丽的绘画。按照常理推断，制作简单家具的技艺应该具备了，但考古发现中却偏偏没有家具的踪影。是木质家具尚未出现，还是在7000年漫长的岁月把它们湮灭了？我们不得而知。

《韩非子·十过》载："尧禅天下，虞舜受之，作为食器，斩山林而财之，削锯修其迹，流漆墨其上，输之于宫，以为食器。诸侯以为奢侈，国之不服者十三。"虞、舜作为君主，为了让吃饭的家伙好看些，在上面擦点漆、涂点墨，诸侯们就认为这种行为很奢侈，于是有十三个方国生气地表示不再臣服。根据这个记载，四千多年前的尧帝时代，我们的祖先就认识了漆，并开始制作、使用漆器。

但考古给了我们更大的惊喜。在河姆渡遗址第三文化层中，考古工作者欣喜地发现一件朱漆木碗，一下子就把中国人使用漆器的历史向前推进了三千年。这只木碗是中国已知最早的漆器，曾被选为中国邮票图案，现藏浙江省博物馆。碗木胎，敛口，呈椭圆瓜棱形，圈足，造型美观，内外有薄层朱红色涂料，剥落得厉害，微有光泽。用微量容积进行热裂收集试验，确认木碗上的涂料为生漆。朱漆碗的发现，说明早在新石器时代，中国就已认识了漆的性能并调配颜色用以制器。这只朱漆木碗，可说是后世漆器之滥觞。

田螺山文化遗址出土的木质圆形鼓。其鼓壁明显厚于现代鼓，鼓皮已失，但已经有了鼓的雏形。摄影：周默。

田螺山文化遗址出土的木质野猪纹浅刻。摄影：周默。

二、木质家具在陶寺村出现了

陶寺村是山西省襄汾县一个极为普通的村落，谁也没想到，这块黄土地下竟然掩埋着一个在 4500 年前无比强大、辉煌的王国，更无法想象这里就是中国最早的都城。

1978 年春，陶寺文化遗址开始发掘。在几处王级大墓中，考古学家们发掘出中国最早的文字和乐器、大量的青铜器和陶器，另外还出土的一批精美的彩绘木器。据放射性碳元素测定和对遗址的研究，基本可知它们距今约 4200 ~ 4500 年。许多专家学者提出，陶寺遗址就是尧帝都城所在，是最早的"中国"。

考古学家复原修缮了数十件彩绘木器标本，种类有案、俎、几、匣、豆、勺、斗、盘、瓠、杯、鼓，另外还包括武器、生产工具中的石钺、石铲、石刀等的木手柄、石镞、骨镞的木杆、尖头木棍等，令人惊喜的是，这其中还包括一部分真正意义上的漆器。

这批漆木器中，最引人注目的是一具彩绘木案。木案呈长方形，案面和案足外侧皆有涂绘。案面在红彩地上，用白彩绘出宽 3-5 厘米边框式图案，边框内绘白色几何勾连纹图案，可惜已漫漶不清。所用颜料，大多是天然矿物如朱砂、赤铁矿等。

这些木器的制作方法也引起了我们的兴趣。其木质胎骨，是将原木纵解成板材，然后用锛取平；木鼓腔是用整截树干去皮剜空做成。木板之间接合处可见榫卯结构，木俎台面上榫接痕迹相当明显，木棺上有直榫和落槽榫，由此可知，4500 年前的陶寺先民们已经掌握了先进的木工榫接技术。

这些木器是中原地区迄今所见最早的木器标本，也让我们找到了中国古代家具最早的、最可靠的源头。这批漆器的着色、图案等与稍后成书的《考工记》里的记载多有相似，其器类、器型和彩绘纹样，与商、周漆器不乏相似之处。

河南安阳侯家庄商代王陵区，是商代后期的王陵区。考古工作者在甲种 I 式大型墓二层台上发现了商代木质抬盘。此盘木胎已朽，但木雕遗痕尤在，其通长 2.3

米，长方形，四角附有四木柄，通体装饰有花纹，两头形以饕餮，余者以波形线和圆形纹为饰，涂有彩色，似抬运礼器用的"抬盘"。这说明，商代的漆木器已经有了长足的进步。

夏、商、周时代还有一个特殊的家具门类，即青铜家具。这些家具既有实用的功能，又兼有礼器的职能，如俎、案、禁、凭几等。

俎是古代贵族祭祀、宴飨时陈放牲体的器物，类似几形。1979 年 4 月出土于辽宁省义县的商代青铜悬铃俎，长 33.5 厘米、宽 18 厘米、高 14.5 厘米，其前后二足之间出现了两个对称的装饰——壶门。壶门在中国家具史上延续了几千年，直到今天我们仍在运用。

美国纽约大都会博物馆藏有一套西周柉禁。所谓柉禁，是商周时期用来盛放酒器的长方形几案，成套的柉禁共 14 件，分别为：禁一、觯四、卣二（一带座）、盉一、觚一、斝一、尊一、爵一、角一、勺一。该套柉禁 1901 年出土于陕西凤翔府宝鸡戴家湾，后落入时任直隶总督的端方之手，被录入端方所著《陶斋吉金录》。端方 1911 年死于战乱，家道中落，其子弟于 1924 年以约 20 万两白银的价格，将这套柉禁卖给美国传教士福开森，福开森又以 30 万美元的价格将其转卖给大都会博物馆。据称，全世界的禁不超过十件，这套柉禁十分完整，独一无二，堪称稀世之宝。

禁分有足和无足两种，使用有等级。《礼记·礼器》载："天子、诸侯之尊废禁，大夫、士棜禁。"那会儿人们厉行节俭，祭祀时以质朴卑谦为贵，所以天子、诸侯反而不用禁，而是把酒器直接摆放在地上祭祀祖先及诸神；大夫和士的地位较天子、诸侯卑下，所以须把酒器放在无足禁上。此禁的禁身为一长方形台座，台面平整，两侧有上下各 4 共 8 个长方形孔，两端有上下各 2 共 4 个长方形孔，其间隔梁和边框饰瘦长型尖角龙纹。它的造型，代表着后世箱、橱柜类家具发展的方向。

夏、商、西周时期的家具是我国古代家具的初级阶段，其造型纹饰原始古拙，质朴浑厚，宗教意义往往大于审美意义。

三、低矮家具

1、春秋战国家具

梓庆山房制凭几。凭几是一种目前近乎消失的家具，人们席地而坐时，常设于座侧以凭倚身体。摄影：宁心。

自春秋直至两汉，供席地起居的低矮型家具由萌芽到形成完整组合，其特点是随手随置，无固定位置；以筵铺地，以席设位，根据不同的场合作不同的陈设，是为低矮家具的代表时期。

春秋战国时期出现了前所未有的经济繁荣，家具艺术也进入了一个崭新的阶段，成为汉代低矮型家具代表时期的前奏。坐卧类、置物类、储藏类、支架类家具都初具规模，青铜家具和漆木家具也进入到了一个空前繁荣的时代。《考工记》记载了齐国关于手工业各个工种的设计规范和制造工艺，其中攻木之工包括轮人、舆人、车人、弓人、庐人、匠人、梓人等7个工种，此外还有辀人。梓人即木工，负责制作编钟的悬架、饮器，以及箭靶。梓人"为饮器，勺一升，爵一升，觚三升"，之后，管理梓人的梓师要检测这些饮器，如果不符合标准，则"梓师罪之"，可见那时早早就实行了产品的标准化管理和质量责任追究制。

这个时期，家具用材一般采用优质和易加工的树木为原材料，如松木、青檀、梓木、樟木、杉木、柏木、楠木等，常见的榫卯结构有明榫、暗榫、透榫、半榫、燕尾榫等，另外还有用胶结合、竹木钉结合、绑扎结合等方法。家具多为整木斫削或剜凿而成，格外厚实牢固。

战国时期漆器用途极广，饮食器具、日用家具、文具、乐器、兵器、交通工具、丧葬用具往往都用漆器制作。漆器胎骨有木胎、竹胎、皮胎、夹纻胎等，常跟雕刻工艺结合，制作成十分精巧的艺术品。战国时期漆器的装饰水平也很高，用色丰富，花纹精美，既有现实生活的写照，也有浓厚的神秘气氛的描绘，非常生动。

中国国家博物馆藏有一件战国黑漆朱绘凭几，高40.5厘米、长57厘米、宽10厘米。凭几是一种目前近乎消失的家具，人们席地而坐时，常设于座侧以凭倚身体。先秦时期的凭几为礼器，使用也有规定。《周礼》载："司几筵掌五几、五席之名物，辨其用、与其位。"所谓五几，是指玉、雕、彤、漆、素。天子用玉几，其余诸侯、卿、大夫等各依级别与五席配套使用。这件木制凭几通体髹黑漆，上绘朱漆花纹，造型十分美观。

床的历史，距今至少有了三千年。《诗经·小雅》："乃生男子，载寝之床"，《诗经·豳风》："十月蟋蟀，入我床下"；《周礼》："掌王之燕衣服，衽席，床第，凡亵器。"《资治通鉴》载："孟尝君聘于楚，楚王遗之象床。"所谓象床，就是用象牙装饰的床。"象床之直千金，苟伤之毫发，则卖妻子不足偿也。"由此可以推断，床在《诗经》之前，就早已出现并广泛使用。

1957年，在河南省信阳市长台关1号楚墓出土了一架彩绘木床，专家断代为战国早期。此床长2.18米，宽1.39米，足高0.19米，又大又矮，符合当时人们席地而坐的习惯。由床身、床栏和床足三部分组成，周围有方格形栏杆，两边留有上下床的地方。床框由两条竖木，一条横木构成，在此床框上面铺着竹条编的活床屉。有床足 6 只，表面透雕两个相对的卷云纹。床栏上隅附有铜质镶角，子、母凹槽相互套扣。床身通体髹漆朱色的连云纹，装饰华丽。由此可以看出，当时的床已很普遍，而且制作水平相当高。

此床是我国目前为止所见最早的彩绘木床，它不但让我们直观地了解了楚地漆木器的精湛工艺，以及先秦低矮型家具的特点，也说明战国的工匠熟练地掌握了胶、榫卯、钉和绑扎等多种木工技艺。

1986 年，出土于湖北省荆门市十里铺镇王场村包山岗地楚墓的战国晚期折叠床，是至今发现最早的折叠床。床长 220.8 厘米，宽 135.6 厘米，通高 38.4 厘米。此床的结构和长台关楚墓出土的彩绘木床大致相同，但六足皆为栅形足，铰接和榫接都非常精细。

湖北省博物馆藏有多件战国彩绘木器。其中一架战国彩绘木雕小座屏，通长 51.8 厘米，高 15 厘米，屏宽 3 厘米，座宽 12 厘米，1966 年江陵望山 1 号楚墓出土。这件彩漆座屏两端着地，中部悬空，座上放置着长方形木框屏风。屏内采用透雕和浮雕工艺，组成以双凤争蛇为中心的连续性图案，55 个动物形象穿插交错，回旋盘绕，变化复杂而又有规律。外框的侧面和底部用红、蓝、银色彩绘变形凤鸟纹、卷云纹和兽纹等。全器左右对称，均衡美观，设计精巧，色泽艳丽，是我国古代木雕与漆工艺术的代表作之一。另一件战国中晚期漆木俎出土于枣阳市吴店镇东赵湖村九连墩 2 号墓，通高 20 厘米，长 27 厘米，宽 12 厘米。此俎为进食器，造型简单，小巧精致，类于后世之小板凳。

湖北省博物馆藏漆木虎座鸟架鼓，同样出土于枣阳市九连墩 2 号墓，通高 135.9 厘米，宽 134 厘米。虎座鸟架鼓也称虎座凤架鼓，为打击乐器，是战国时期楚墓中造型独特的漆器。从图腾崇拜方面说，楚人尚凤，巴人崇虎。此器中凤鸟挺拔，足踏猛虎，虎则矮小蜷伏于地。春秋战国时楚人、巴人连年征战，凤踏猛虎似乎可以理解为对楚人与巴人关系的象征。从楚俗来说，凤鸟象征吉祥长寿，可以沟通天国和人间，此器或属灵鼓，具有沟通人神、求福免灾的作用。

湖北省博物馆藏战国早期云雷纹漆衣架，1978 年出土于湖北随县（今湖北随州）曾侯乙墓，是我国现存迄今为止最早的衣架实物。中国古称"华夏"，《尚书》解释说："冕服华章曰华，大国曰夏。"中国人历来讲究服章之美、之雅，《周易·系辞下》："黄帝、尧、舜垂衣裳而天下治"。先秦时期，衣架称为"椸枷"，是搭衣物的用具。此衣架为木胎，长264厘米，高181厘米，由底座、立柱、横梁三部分组成，奠定了后世衣架的基本样式。底座为覆盘形，横梁两端各为一鸟首，两边立柱的中部及立柱与底座和横梁连接处均有榫头，可拆卸组装。衣架通体髹黑漆，并用朱漆绘有云雷纹等图案，展现出楚国高超的家具制作技艺。

河北省博物馆藏的错金银青铜龙凤案为战国中晚期器物，1978年出土于河北省平山里中山王墓，高36.2厘米，长47.5厘米。青铜质地，正方形案框上镶嵌有漆木质案面，出土时已朽失。案座由四龙四凤缠绕盘结成半球形，昂首挺立的四只神龙分向四方，龙头承托案角。龙间尾部纠结处各有一凤，作展翅欲飞状。案之四缘饰有错金银云纹，圆环形底座由雌雄各二匹四卧鹿承托，鹿体满饰错金银纹饰，盘缘也饰有错金银云纹。案框一侧有铭文："十四祀，右（使）车（库），啬夫郭，工疥"，记载了造器年代、官吏和工匠名字，说明当时已经有了专门的漆木器生产管理制度。

此案上部龙顶斗拱承一方形案框，斗拱和案框饰勾连云纹，这是模仿当时木构建筑挑檐结构一斗二升的形式。此是为我国古代家具之珍品。

春秋战国时期的家具，以楚式漆木家具为典型代表，其简练的风格对后世影响深远。明式家具的简练、厚拙、圆浑、妍秀和典雅等风格，都有战国楚式家具的影子。一些家具如漆几、漆案、屏风等的基本形式，直到今天仍为我们所沿用。

2、汉代家具

西汉结束了秦末乱世，天下迅速安定。汉初，朝廷实行轻徭薄赋、休养生息的国策，社会经济迅速恢复，农业、手工业及商业空前繁荣。西汉也是中国历史上的黄金时代，文学、史学、艺术和科技等领域的成就辉煌灿烂。

汉代继承和发展了战国以来的家具样式，不但传统的几、案、屏风的样式不断增多，而且还出现了许多新品种，如榻屏、独坐板枰、大橱柜等等，甚至出了桌子的雏形。工艺技法上除继承战国彩绘和锥画（锥画：用金属锥在尚未完全干透的漆膜上镂刻各种阴线花纹）装饰方法外，金银箔贴花与镶嵌等工艺也极为盛行。东汉后期，西北少数民族带来了高型家具，垂足坐的起居方式开始萌芽。

西汉时期的家具，可以视长沙马王堆汉墓出土的漆器为代表。马王堆汉墓共出土漆器约500件，器类主要有鼎、匕、盒、壶、钫、卮、耳杯、盘、奁、案、几和屏风等，是各地发现汉代漆器中数量最多、保存最好的一批。

1号汉墓共出两件形制、花纹相似的漆案，案内髹红、黑漆为地，黑漆地上绘红、灰绿色组成的流畅的云纹，底部红漆书"轪侯家"三字。这种轻便的小型食案类似托盘，当时人们惯于"席地而坐"进食，器具低矮才能"举案齐眉"，所以漆案的案面较薄、造型轻巧，四沿高起构成了"拦水线"防止汤水外溢。

西汉彩绘漆屏风是目前所见保存完整的汉初彩绘漆屏风实物之一，高62厘米，宽58厘米，长方形屏板，下装横出屏足。髹漆彩绘，正面红漆地上以浅绿色油彩绘简约纹样，中心绘有谷纹璧，周围绘几何方连纹，边缘绘菱形图案。背面黑漆地上用红、绿、灰三色油彩绘云纹和龙纹，龙作飞腾状，绿色龙身，朱色鳞爪，云纹缠绕，呈腾云之势，边缘绘菱形图案。此屏体量较小，制作亦比较粗糙，可能是仿实用屏风而专作的明器。

西汉活动漆几，由几面、几足和足座三部分透榫而成。几面扁平，下部安高矮两对足，其矮足固定在几的背面，高度为16厘米。在矮足内侧面附近，巧妙科学地又安装了一对高40.5厘米的活动高足，平时收拢起来，正好置于几面的底部，在足与几面之间用活动木梢联结，可以转动。如需庋物时可将高足竖起，几面自然抬高；若要凭几席地而坐，则可将高足收拢，用木栓卡挂在背面，使矮足着地。一几二用，可谓构思巧妙，独具匠心。

马王堆 3 号汉墓出土了一套完整的博具。博是古代一种争胜负、赌输赢的游戏。《史记·殷本纪》载："帝武乙无道，为偶人，谓之天神，与之博，令人为行，天神不胜，乃戮辱之。"可见博的出现，最迟不晚于商代。《战国策·齐策》载："临淄甚富而实，其民无不吹竽鼓瑟……陆博蹹鞠者。"《史记·滑稽列传》载："若乃州闾之会，男女杂坐，行酒稽留，六博投壶，相引为曹，握手无罚，目眙不禁。"由此可以想象出战国博戏之热闹场面。

马王堆西汉墓漆木器精细华美、富丽堂皇；用材多选易加工、经久耐用、材性稳定的木材如青檀、梓、樟、楠、枫杨、柏、杉等；结构巧妙，有明榫、暗榫、透榫和半榫；工序复杂，多次打磨、照漆。装饰风格绚丽浪漫，具有浓烈的楚民族风格。

西汉长信宫灯 1968 年出土于河北省满城县中山靖王刘胜妻窦绾墓，通高 48 厘米，分为头、身、右臂、灯座、灯盘、灯罩等部分，可以任意拆卸。灯上刻有"长信尚浴""阳信家"等铭文 9 处共 65 字，因此得名。宫女一手执灯，另一手袖似在挡风，实为虹管，用以吸收油烟，既防止了空气污染，又有审美价值。后世的研究者都赞叹长信宫灯设计巧妙，但那执灯的宫女肯定不这么想。

绿釉陶方桌 1972 年出土于河南省灵宝县（今河南省灵宝市）张湾汉墓，高 12 厘米，边长 14 厘米，泥质灰陶，通体施绿釉。正方形桌面，四腿较高，腿间作壶门状。桌上置一双耳圜底小罐，与桌面烧结在一起。其形制与后代方桌基本相同，是中国发现较早的陶桌模型。

四、高坐家具

1、唐代家具

公元 618 年，太原人李渊在长安登基称帝，大唐诞生。唐朝是当时世界处于领先地位的文明大国，那时的长安，几乎就是全球文明的中心。

唐代为高低坐家具并存时期，传统席地起居的习俗逐渐废弃，垂足坐日益流行，高型家具此时发展到完全定型，形成了新式高型家具的完整组合。家具的陈列格局，由不固定的按需随时陈撤变得相对固定，唐代是中国古代高型家具的普及时期。

敦煌莫高窟 217 窟之《得医图》是根据《妙法莲华经》中"如母见子""如病得医"之意绘制。画中有一箱形壶门结构的床，其高度大约与人的膝盖高度一致。妇女的坐姿为侧身垂足坐，这在以前是不符合"礼"的行为。我们无从得知《得医图》画成的确切年代，但从画中女子的打扮来看，猜测是在盛唐。那时，古人开始由席地坐向垂足坐演变。

莫高窟 285 窟的西魏壁画中，禅者盘腿坐于一把高背的宽大椅子上，其尺寸、形制类于目前所见的禅椅。这是现今所见的椅子的最早的图像，时称胡床。

胡床大概在东汉末年传入中原。《资治通鉴》胡三省注"胡床"："以木交午为足，足前后皆施横木，其前后亦施横木而平其上，横木列窍以穿绳条，使之可坐。足交午处复为圆穿，贯之以铁，敛之可挟，放之可坐。以其足交，故曰交床。"

1955 年，考古学家在西安东郊高楼村，发掘了唐朝高元珪墓。高元珪是唐代大宦官高力士之弟，官阶从四品，官职为明威将军，死于唐天宝十五年即公元 756 年。该墓壁画剥落得厉害，但考古学家还是在北壁东侧的壁画中，发现了椅子的身影。

此画漫漶，又大片剥落，但我们仍可清晰地看到画中人垂足端坐在椅子上。

此椅借用了木作斗拱的作法，为四方形立柱状，可能为四足，而且比较粗壮。靠背的立柱与横木之间，由弓形搭脑相托，两端出头并翘起，有扶手。此椅拙朴原始，是我国目前所知有明确纪年、在世俗生活中出现最早的靠背扶手椅画像，反映出高坐具此时已为上流社会所采纳。

交椅又称"逍遥坐"，北宋陶谷所著《清异录》里讲到交椅是唐明皇发明的："相传明皇行幸颇多，从臣或待诏减野顿，扈驾登山，不能跂立，立欲息则无以寄身，遂创意如此。"这段话的意思是说，唐明皇爱玩，尤其喜欢登山，但从臣和待诏们都累得不行，唐明皇是个爱护下属的好领导，眼珠子一转，交椅就发明出来了。

《宫乐图》大概完成于晚唐，画中的巨型方桌呈正方形、下有托泥，十八足，腿间为壶门轮廓，体大浑厚，线条流畅，装饰华丽。贵妇们座下是月牙凳，又称腰圆凳，体态敦厚、装饰华丽，与丰腴的唐代贵族妇女形象非常合，是具有代表性的唐代家具。

唐·周昉《宫乐图》

唐·周昉《调婴卷图》中的榻形制巨大，约为人体膝盖高度，呈正方形，有12条腿，腿间壸门轮廓，带托泥。此种形制，对宋代的床榻影响巨大。

《后汉书·东夷列传》说："所谓中国失礼，求之四夷者也。"许多好的传统、好的文化在中华大地已经没湮灭了，但在我们周边的一些国度却保存得很好。日本的正仓院就保存了一批盛唐家具，种类包括屏风、几案、床榻、椅子、双六局、棋局、箱柜等等，几乎囊括了唐代家具的所有种类，为我们提供了难得的实物资料。

日本奈良时代，正是中日两国文化交流最为频繁的时代，这些家具或随遣唐使输入，或从新罗辗转而来，或由渡海归化的唐人工匠制作，或由日本工匠仿制，与唐代样式有千丝万缕的联系。这批家具同时也奠定了后世日本家具样式的基础。

光明皇后向东大寺施舍宝物的名录《东大寺献物帐》之《国家珍宝帐》中，记录施入御屏风一百叠。如今，这批屏风尚余四十余扇，完整者有三叠十八扇，均保存在北仓阶下的"北棚"。

《国家珍宝帐》中记载："鸟毛立女屏风六扇，高四尺六寸、广一尺九寸一分，绯纱缘，以木板作斑竹帖，黑漆钉，碧絁背，绯夹缬接扇，揩布袋。""帖"即框木，用木材加工成斑竹状的框，每扇边框周缘以绯红色纱装裱。此屏风内发现天平胜宝四年即公元752年的文书衬纸，说明其制作时间为唐开元末。

正仓院藏紫檀木画挟轼

"鸟毛立女屏风"为树下美人六曲屏样式，前三扇仕女立于树下，后三扇仕女坐于树下石上，仕女的衣服部位曾经覆盖有不同色彩的鸟羽。相同布局的树下美人屏风画和仕女造型，在开元二十五年的武惠妃敬陵、开元后期韦氏墓等多处可以看到，尤其是韦氏墓例，造型与其几无二致。

所谓"挟轼"，即古人所称"凭轼"，又可称为夹膝、凭几、隐几、伏几。此轼高 33.5 厘米，长 111.5 厘米，宽 13.6 厘米。以长条形柿木为几面，上贴紫檀薄板，两端贴楠木板。两端各有二足，中段细窄处套以三层象牙圈。足下基座以及四周镶金嵌银，描绘花叶、卷草、蝴蝶，做工细致考究，并附有一条与尺寸相合的白罗褥，是圣武天皇生前喜爱之物。

波士顿美术馆所藏阎立本《历代帝王图》之陈宣帝，与北京故宫《步辇图》中坐在小辇上的唐太宗，身前均置凭几伏靠。新疆阿斯塔纳墓地出土的一件"琴几"，虽非凭几，但其造型却和正仓院挟轼几乎一致。凭几在中日两国沿用的时间都很长，平安时代后又叫"胁息"，一直到近现代还在使用。

《步辇图》、《历代帝王图》局部

正仓院还保存有二十四张统称为"多足机"的栅足案，有 18 足、22 足直至 36 足八种。上图 28 足几案面平直，纵 54 厘米，横 104.5 厘米，栅形直足，两侧各 14 足，高 98.5 厘米，素木不髹漆，以白、浅绿、丹、苏方等色描绘纹样。黑漆 18 足几髹黑漆不加饰。此类几案历史非常悠久，先秦以来常见，慢慢演变为后世的各种条案类家具。

正仓院藏有两张御床，长 237 厘米，宽 119 厘米，高 38.5 厘米，为圣武天皇和光明皇后御用具，即《国家珍宝帐》最后所列"御床二张，并涂胡粉，具黑地锦端叠、褐色地锦褥各一张，广长亘两床，绿絁裌覆一条"。这种四足矮床在唐代使用十分普遍，除了充当卧具外，也可充当一般坐具，或盘腿、跪坐其上，或垂足坐于其沿，或置于大床（桌）两侧供并排宴会使用。日本后世也继续将其作为天皇的御床、御寝台使用。

北京梓庆山房从正仓院所藏栅足案中得到设计灵感，制作的 16 足乌木黑柿木曲足横跗式小平头案，精巧可爱，亦可视作凭几使用。摄影：宁心。

16 足乌木黑柿木曲足横跗式小平头案

唐代椅子造型大体可分为扶手椅和靠背椅两大类，其中扶手椅又分弓背搭脑扶手和直背搭脑扶手两种，正仓院所藏即后者。赤漆欟木胡床靠背高 48.5 厘米，椅座高 42 厘米，宽 78.4 厘米，深 70 厘米，表面朱漆涂饰，四足及转角、端头处有铜质箔板包角，两侧扶手在前后腿之上各立短柱，柱首宝珠状如勾阑望柱。搭脑平直，两端出头。面屈宽而深，为藤材编成，人坐其上，广可容膝，类似后世之禅椅。

北京梓庆山房依古制仿制的黑柿木唐代禅椅。摄影：宁心。

正仓院中还保存了一些精巧的博戏用具，如双六局有五具，材质有紫檀、榧、沉香木等，其中中仓所藏"紫檀木画双六局"和北仓下阶北棚藏"木画紫檀双六局"最为精致。

此器长54.2厘米，宽31厘米，高16.7厘米，盘面长方形，贴紫檀木，东西两边之中有月牙形"门"各一，左右列十二花眼，南北各有一花眼，均以象牙镶嵌而成。盘座为黄杨木质，四周用象牙、染绿鹿角、黄杨木、黑檀、紫檀等镶嵌出华丽的彩色缠枝花鸟，即所谓"木画"。座东西两侧各有两个壶门，南北侧各一壶门，为盛唐床榻座类家具所流行的壶门造型之一。此外，还附有各色双六子、骰子、双六筒、双六子箱、漆缘籚簇奁（漆边藤条双六箱）等配件。

正仓院中仓藏紫檀木画双六局

正仓院藏黑柿苏芳染金绘长方形几

正仓院藏螺钿紫檀五弦琵琶

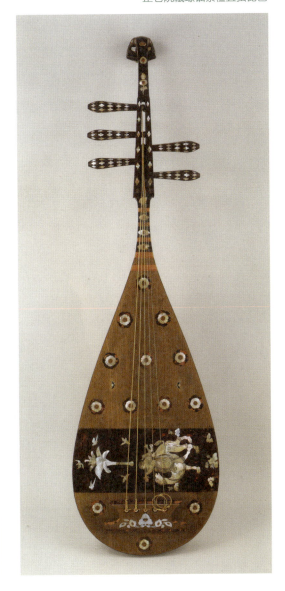

正仓院藏螺钿紫檀阮咸

北仓的"木画紫檀棋局"精巧称绝，是正仓院家具中闻名遐迩的精品。棋局表面贴以紫檀片，嵌以象牙罫线，纵横各19道，又镶嵌有精致的花眼17个。边侧四面各界四格，其中用染色象牙镶嵌雉雁狮象驼鹿及胡人骑射、牵驼等形象，华丽细致。对局之两侧各设有备金环的抽屉各一，中有机关，一方启闭，对方亦如之。内有木雕鳖形龟形各一，背容棋子，颇形巧妙。棋子玉质上绘有鸟形，制作精良。抽屉之下便是上沿作花牙子、下有托泥的壶门床座。

1973年，吐鲁番阿斯塔那206号墓，曾出土一件镶嵌螺钿木双六局，其形制与正仓院所藏者相仿，壶门造型一致，用螺钿镶嵌出月牙门和花眼以及花鸟装饰。

正仓院中还藏有许多名为"献物台"的木几，为唐式置物小床，或方或圆或

多角，也多为牙床造型，上可放置盒、箱或一般物品。另有一类称为"唐柜"的木柜，为数不少，下有四足，则与唐代出土的三彩柜造型相似。

南唐顾闳中的《韩熙载夜宴图》如实地再现了南唐大臣韩熙载夜宴宾客的历史情景。画中诸人坐姿各异，有盘腿坐、跪坐的、盘坐。这说明唐朝以后，乃至南唐时期，高、低坐家具并存，席地坐和垂足坐并存。

唐朝家具的整体风格华丽妍润、丰满端庄，其造型浑圆丰润，多运用大弧度外向曲线；饰纹富有浓厚的生活情趣，镂雕、螺钿、平脱金银、木画等都有运用，但从整体来看，并不追求繁雕缛饰；用材呈多样化，既看重紫檀、乌木等硬木，也不鄙薄桑、杏、楠、榧、黄杨等软木。

南唐·顾闳中《韩熙载夜宴图》

2、宋代家具

仿《蕉荫击球图》之大理石心乌
木框平头案、乌木交椅。制作：
北京梓庆山房

今人赞美北宋，说那是"最为优雅的时代"，可见其对中国文化的影响之大。

宋代家具存世量几近于无，但幸好我们还有数目巨大的存世宋画，还有从墓葬里出土的少许实物，才让我们一窥宋人的优雅。宋代高型家具品种基本齐全、式样繁多。受宋代建筑的影响，家具出现了一种纯仿木建筑构架的式样和作法，宋以前的箱形壸门结构渐渐被放弃。此外，束腰出现了，装饰性的线脚也出现了，桌椅四足的断面有方形、圆形、马蹄形，足面与柱面连接处出现了牙条、罗锅枨、霸王枨、矮老、托泥下加龟脚等工艺。

苏州博物馆藏有一件北宋广漆鎏金银花片镶包经箱。此箱 1956 年出土于苏州虎丘岩寺塔，高 21 厘米，长 37.8 厘米，宽 19.2 厘米，材质为楠木，外髹广漆，边缘及各部接缝均以鎏金银花片镶包，花片上饰有莲花纹或蔓草纹。箱为长方体，盖呈盝顶状，四角各缀鎏金莲花一朵。箱盖与箱身为子母口，正面铰链黾形上凿双钩"孙仁裕"字样，箱口有鎏金镂花长锁。须弥座式箱底，有雕镂的壸门装饰，上面凿有"建隆二年男弟子孙仁朗镂，愿生安乐国为僧"十八字。建隆为宋太祖赵匡胤的年号，建隆二年即公元 961 年。箱底还墨书记载了制作箱子的匠人姓名。该箱镂金制作工艺精雕细刻，堪称一绝。

《蕉荫击球图》呈现有两件家具：一件为平头案，另一件为交椅。平头案的案心与边框的颜色明显不同，推测其所用木材亦不同，很有可能是阴木与阳木的搭配。两种木材木性阴阳互济，色彩冷暖相配，有赏心悦目之感。此案的结构干净简洁，线条纤细瘦硬，造型质朴隽永，不雕不饰，完美诠释了宋人的高古。

《蕉荫击球图》中的交椅又称太师椅。太师椅是中国古代家具为数不多的以官阶命名的家具。宋人张义端《贵耳集》载：秦桧和手下的侍从们都喜欢坐交椅，但因为没有托首，后仰时稍不注意头巾便掉了下来，弄得秦桧很是狼狈。那会儿临安的市长是一个叫吴渊的人，他知道此事后，定制了四十柄荷叶托首，带着工匠赶去"顷刻添上"。"凡宰执侍从皆有之，遂号太师椅"。这个叫吴渊的人因

宋·佚名《蕉荫击球图》

宋·佚名《小庭婴戏图》

宋·佚名《槐荫消夏图》

为热衷于拍马屁，一不小心就发明了太师椅。

据陈增弼先生考证，太师椅有四种：直形搭脑，横向靠背式，如《清明上河图》中药铺柜前的交椅；直形搭脑，竖向靠背式，如《中兴祯应图》中的交椅，后元明清一直沿用；圆形搭脑，竖向背靠式，又称"栲栳圈"，搭脑为圆形，《蕉荫击球图》中的交椅便是这种；《春游晚归图》中，侍从肩扛的正是安有荷叶托首的宋代太师椅。其他三种交椅后世都有流传，但这种荷叶托首太师椅从此绝迹，可见人们对秦桧的痛恨。

《小庭婴戏图》中出现的方凳，凳面正方形，面心推测是藤编，腿方形稍鼓，内翻马蹄，腿足劲瘦有力，尖如利剑。不雕不饰，瘦硬之中又有着典雅平正。

《槐荫消夏图》中的平头案，与《蕉荫击球图》

北京梓庆山房据《蕉荫击球图》仿制的楠木心乌木镶边宋味平头案

中的平头案形制基本相同，只不过多加了一根横枨。榻的形制承唐制，又多有不同。有多列壶门结构，腿利如剑联结托泥，同样不雕不饰，简洁有力，让家具显得极有性格。

《女孝经图》中的榻形制巨大，但结构仍然简洁。托泥起规整的卷云纹，十六条腿置于托泥之上，让人不由想起唐人的"栅足案"。鼓墩因保留着鼓的形状，故名。鼓墩多为木腔鼓造型，平顶微凸，弧腹中空。女子由于爱美，常在墩上覆盖有华美图案的丝织物，故又名绣墩。

《五老图》描绘的是苏东坡等五学士聚在一起品评诗文，另有仆从四人。画中的家具有画柜、画案、凳、香几。画柜有四门，柜门似为亮格，柜上似有雕刻（我把画放大后仍然模糊，此说或不确）。画案及香几都有了束腰，和后世的明式家具极为相近。

《十八学士图》中的画案有小束腰，三弯腿内翻马蹄置于托泥之上。椅子的主体结构出乎意料的简洁，却又连带有脚踏，这在明式家具里是见不到的。屏风为单体，上有绘画。

宋 · 佚名《女孝经图》

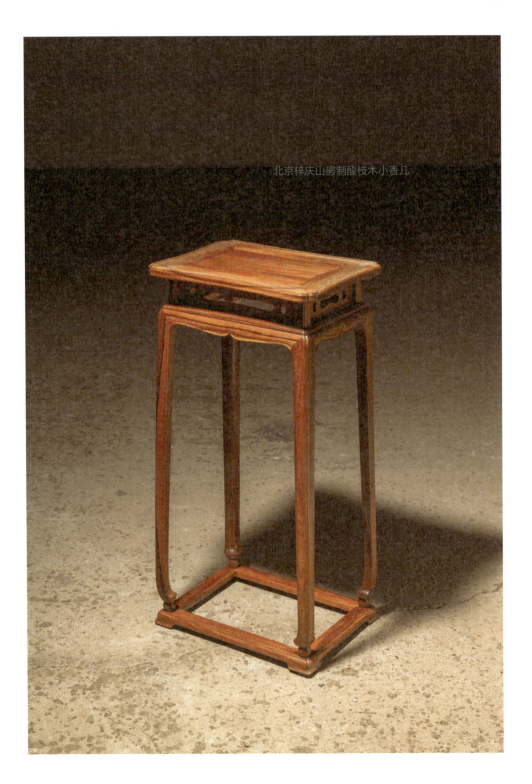

北京梓庆山房制酸枝木小香几

北京梓庆山房制黑檀黑柿木梅花凳

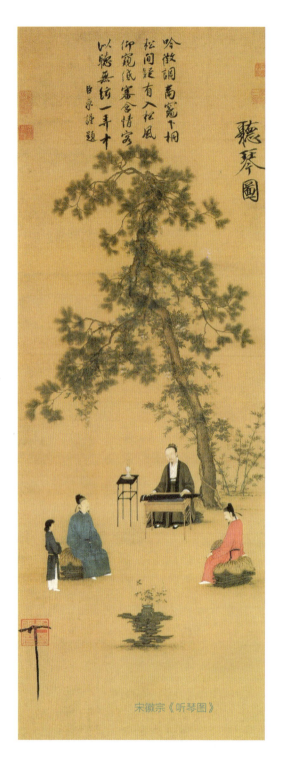

聽琴圖

吟徵調商竈下桐
松间疑有入松风
仰观低审含情客
以聽无纮一弄中
臣京谨题

宋徽宗《听琴图》

宋代的高型几案品种很多，有曲足高型几、直足双面高型几、直足单面高型几等。北宋黄长睿所著《燕几图》中的燕几（即宴几），是一种设计巧妙的组合几。整套燕几总共有七张桌几，其中长桌两张，中桌两张，小桌三张，号为"七星"，可以根据宴会的需要，组合出数十种布局，"纵横离合，变态无穷，率视夫宾朋多寡、杯盘丰约，以为广狭之则"。燕几又可以作为陈列古玩、书籍的家具。这是历史上最早的组合式家具。

宋以后，明人戈汕在《燕几图》的基础上设计出《蝶几图》，由十三张桌几组成；到了清代，又有人从中得到灵感，设计出《匡几图》。匡几是匡箱结构，类似于博古架，"敛之成一匡箱，卯相衔，不假铰链之力而解合自然牢固，诚巧制也。"

《听琴图》中一人着道袍，于松下抚琴。苍松老劲，凌霄花缘树而上，数竿翠竹于微风中摇曳。琴声醉人，非但琴者已痴，两位红、绿官袍者及童子也为琴曲所染，生怕听漏了一个音符。画上右上方有赵佶书瘦金体"听琴图"三字，正中是蔡京的题诗："吟徵调商灶下桐，松间疑有入松风。仰窥低审含情客，似听无弦一弄中。"

宋人的风雅在骨子里，赵、蔡虽名声不佳，但《听琴图》画面之风雅，后世无出其右者。画中木质的器物有香几、古琴、琴几、鼓墩，梓庆山房重现了这个场景。

宋代家具使用的材料有木、竹、藤、草、石等。木材多就地取材，有杨木、桐木、杉木、楸木、杏木、榆木、柏木、枣木、楠木、梓木等软木，乌木、檀香木、花黎木等硬木。宋代家具呈现出结构简洁平正、装饰文雅隽秀的风格，其造型古雅质朴，内敛天真，色彩纯净，不事雕琢，给人清淡雅致之感。宋以前的漆器大多彩绘、镶嵌与雕饰并举，宋人注重以线形与比例的素器取胜，别有一种素雅之美。

1125 年，金灭辽；1127 年，金兵攻破汴梁，宋室南渡，形面宋、金对峙的局面。金代的家具与宋代家具是同时代的家具，研究宋代家具，不可置金代家具于不顾。

梓庆山房重现《听琴图》，景画交融，如在梦中。

辽重熙十三年（1044年），辽人改云州为西京，设西京道、大同府，为辽之陪都，大同城名始称于此。金承辽制，改西京道为西京路，府治、县治未变，草原文化与中原文化在这里碰撞、交融，给大同留下了独特的印记。1973年，在大同市齿轮厂发现的阎德源墓，出土了一批金代家具，材质多为山西本地产杏木，保存完好，甚至可看到其清晰的木纹。阎德源墓出土的家具虽不如宋画里的家具雅致精美，但却为我们提供了难得的金代家具实物。

金代木地桌，长50厘米，宽40厘米，高60厘米，杏木材质，取圆形材制作。桌面板材厚实，四腿足直下，内侧方外侧圆。长侧面牙条连接，两端留牙头，外有角牙，其下安横枨；短侧面无牙条，双横枨略低。此桌造型圆润敦实、古朴素雅，明显受到了宋人的影响。

金代木影屏，高28.8厘米，屏身高25.7厘米，宽19厘米，杏木材质。影屏由屏身、站牙和抱鼓墩三部分组成。屏身正面无任何修饰，屏背攒四边框和腰间双横档枨，意在防止变形。站牙云纹形。底座由厚板材雕成如意式抱鼓墩，底心内凹。

金代木床，长40.4厘米，宽25.5厘米，通高20厘米，杏木质。由四床足、床板、床柱、围板四部分组成，床上铺木板，三面栏杆，栏杆下有围板，角柱用卯固定在床板上，左、右、后面两面角柱之间各有方形间柱两根，方形间柱雕饰成中间细、两头大的两个相对的莲花形。四足为秋叶腿，前后腿之间有侧枨。其造型美观，结构精致。

金代四出头扶手椅，通高20.5厘米，座面10.5厘米，杏木质。由腿、椅面、靠背、扶手四部分组成。椅面长方形，椅腿上细下粗，椅背横梁比较长。椅面下部四周均饰有圆头花牙子，为典型四出头扶手椅。此椅制作较糙，但是同时期出土的为数不多的扶手椅之一，所以非常珍贵。

金代木盆座，通高13.8厘米，座圈直径12.8厘米，杏木材质，外表及腿足髹朱漆。盆座呈六棱形，上开椭圆座口，外分六棱与腿部相圈，并在每段间嵌装隐雕的"万"字纹挡板。六条呈扁状棱形三弯腿，足尖夸张活泼地朝外翻翘。此器做工粗糙了些，但造型别致，俏皮可喜。

3、明式家具

明代是中国古典家具的鼎盛时期。王世襄《明式家具研究》指出，所谓"明式家具"，是指"明至清前期材美工良，造型优美的家具"。不论从制作工艺、还是艺术造诣，明式家具都达到了登峰造极的地步，成为世界家具艺术发展史上最具艺术感染力的精品，迄今仍在世界上占有重要地位。

明末商品经济空前发达，江南尤盛，手工业得到极大发展。刘若愚《酌中志》介绍明宫御用监的职责："凡御前所用围屏、摆设、器具，皆取办焉，有佛作等作。凡御前安设硬木床、桌、柜、阁及象牙、花梨、白檀、紫檀、乌木、鸂鶒木、双六、棋子、骨牌、梳栊、螺钿、填漆、雕漆、盘匣、扇柄等件，皆造办之。"皇家喜爱硬木家具，太监们也凑趣："大抵天启年间，内臣更奢侈争胜。凡生前之桌、椅、床、柜、轿乘、马鞍，以至日用盘盒器具，及身后之棺椁，皆不惮工费，务求美丽。"

内廷如此，外臣亦然。《天水冰山录》是1565年严世蕃获罪后的一本抄家账，其中仅家具一项，就计有大理石及金漆等屏风389件，大理石、螺钿等各样床657张，桌椅、橱柜、杌凳、几架、脚凳共7444件。上层建筑的审美倾向总是引领着时代潮流，范濂《云间据目抄》载："隆、万以来，虽奴隶快甲之家，皆用细器。……纨绔豪奢，又以椐木不足贵，凡床橱几桌，皆用花梨、乌木、瘿木、相思木与黄杨木，极其贵巧，动费万钱，亦俗之一靡也。"椐木就是榉木。

王世襄先生曾于1979年、1980年两次去苏州洞庭山一带做田野考察。他认为："我们不妨说，来到东、西山，找到了明及清前期榉木家具的根源。又因榉木家具和黄花黎家具的手法全同，只不过是用料上的差异，所以也就到了明及清前期黄花黎家具的制造之乡。"

明式家具的诞生过程，有一个历朝历代都没有的现象，那就是明末文人的热情参与。

匠人的社会地位历来不高，而明朝尤甚，"巫医乐师百工之人，君子不齿"。

但以文震亨为首的一批明末文人并未因此被约束，群体性地投入到家具的设计、研究之中，其中曹仲明著有《格古要论》、文震亨著有《长物志》、高濂著有《遵生八笺》、戈汕著有《蝶几图》、屠隆著有《考槃余事》、谷应泰著有《博物要览》、王圻和王思义著有《三才图绘》等多种。

所谓"长物"，即多余之物。《长物志》分室庐、花木、水石、禽鱼、书画、几榻、器具、衣饰、舟车、位置、蔬果、香茗十二个部分，是我们了解晚明生活和文人情趣的重要著作。清代纪昀在《四库全书总目提要》里写道："凡闲适玩好之事，纤悉毕具，大致远以赵希鹄《洞天清录》为渊源，近以屠隆《考槃余事》为佐参。明季山人墨客，多以是相夸，所谓清供者是也。然矫言雅尚，反增俗态者有焉。惟震亨世以书画擅名，耳濡目染，与众本殊，故所言收藏鉴赏诸法，亦具有条理。所谓王谢家儿，虽复不端正者，亦奕奕有一种风气欤。"

文震亨是明代书画家文征明的曾孙，曾任职于南明，遭阮大铖、马士英等人排挤，于是辞官归隐。清顺治二年，清军攻占苏州强推剃发令，他投河自杀被家人救起，遂绝食六日而死，时年 61 岁。

文震亨家富藏书，长于诗文绘画，善园林设计，有著作多种。他率先提出了"文人家具"的概念和标准，一是讲究定式，崇尚古制；二是崇尚天然，不尚雕饰；三是以雅为重，不唯材质；四是改良创新，须承古意；五是实用、舒适并重。正是由于文人们的参与，"自然之为美"的明式家具体现了那个时代文

西安市雁塔区曲江乡金滹沱村出土的明代陶宝座与脚踏。摄影：周默。

西安市雁塔区曲江乡金滹沱村出土的明代陶交椅。摄影：周默。

西安市雁塔区曲江乡金滹沱村出土的明代陶脸盆架。摄影：周默。

人的审美情趣。北京大学哲学系教授朱良志概括道："文人家具是静心之物，是为人心作安顿之所。"一个"静"字，是文人家具最突出的特点。

明代还出现了一部工匠做法手册《鲁班经》。它的早期刻本《鲁班营造正式》只有木结构建筑造法。万历年间，此书增编改名为《鲁班经匠家镜》，已经加入了有关家具的条款五十二则并附图式，这也足以说明那时的家具需求量大增，从业者人数远胜从前。

"匠家镜"，意为营造房屋和生活用家具的指南。《鲁班经匠家镜》卷一讲述各种房屋建造法；卷二全面介绍了建筑、畜栏、家具、日用器物的做法和尺寸；卷三记载建造各类房屋的吉凶图式 72 例。书中所述家具包括杌子、板凳、交椅、八仙桌、琴桌、衣箱、衣柜、大床、凉床、藤床、衣架、面盆架、座屏、围屏等，并记载了制作家具的原料、构件的尺寸。此书是我国仅存的一部民间木工的营造专著，是研究明代民间建筑、家具的重要资料。

公元 1644 年，清军入关，定都北京。从清初到雍正朝，家具大体保持着明式的风格，王世襄先生因此将其归于明式家具之列。

清代诸位帝王中，雍正很有文人情怀。他亲自参与家具的设计与打样，还频频与臣子及木匠讨论家具的做法。

周默在《雍正家具十三年》写道："雍正元年九月二十三日，怡亲王谕：'照先做过楠木床样再做一张，外口长七尺，里口宽四尺五寸，三面安栏杆，柱子用钩搭，两边配做衣架，前面安挂幔帐，杆子要用时安上，要不用时要取得下来方好。'"此次口谕，连家具的尺寸、细节都说得清清楚楚。

雍正三年九月二十二日，郎中赵元奉怡亲王谕："拖床做硬木的甚沉，今或做彩漆，或做油漆，照样料估做法，几时可得，议妥回我知道。"南木匠汪国兴建议："拖床宜用榆木、杉木、楠木。"雍正颇为虚心，说："好，尽力将油漆的并彩漆的各做二张。"后来雍正看了床样，又指示："黄油地暗三色夔龙照样做一件，其余二张不必做油的，尔用木包镶的做高丽木栏杆宝座。"床做好了，雍正不甚满意，再度指示："将未做完花梨木包有推杆拖床上的叠落处照矮处取平，前帮上的面板做窄些，宝座平帮安扶手，靠背不必做高了。"

《雍正皇帝行乐图》

雍正很注意家具档案的保存。《雍正家具十三年》记载，他于雍正三年六月初二日下旨，严令宫殿家具样式不得外泄："抢风帽架只许里边做，不可传与外人知道。如有照此样式改换做出，倘被拿获，朕必稽查缘由，从重治罪！"又于五年闰三月初三日下旨："朕从前着做的活计等项，尔等都该存留式样。若不留存式样，恐其日后再做便不得其原样。"

我们翻阅清宫造办处档案，有关家具的批示里，雍正有大量诸如"往秀气里收拾""做素净些""做文雅""款式俱蠢"之语。雍正元年十二月二十四日，雍正连续五次批示，"往秀气里收拾"，可见此时的家具，仍是沿袭明风。如这天总管太监张起麟交周青绿中以父卣一件，随紫檀木座一件，雍正带着怒意下旨："将紫檀木座往秀气里收拾！"

周默在《雍正家具十三年》里指出：雍正时期的黄花黎家具形、神并未与传统隔绝，如黄花黎竖柜、格子、折叠桌、书格、条桌等，多数都可归入优秀的明式家具之中。但也正是在雍正时期，清式家具开始发轫。如雍正时期的紫檀家具，多与象牙、玳瑁等搭配使用，如紫檀木四面镶象牙牙子书格、镶象牙底盖紫檀木挂笔筒、紫檀木圆光象牙镶玳瑁寿字安玻璃镜书格、紫檀木镶嵌象牙香几、象牙寿意紫檀木帽架、象牙紫檀木独梃帽架等等。

象牙与紫檀木相配直接用于家具并非雍正独创，但如此频繁与普遍应始于雍正。这一形式对清式家具产生了深远的影响。乾隆时期的清式家具开始大量使用象牙、玉石、珠宝及贝类，材料越贵重、越稀有、色彩越鲜艳，则被奉为无上妙品。这些材料用于家具或其他器物，使艺术化的家具开始走向庸俗与堕落。

总的说来，明式家具造型大方，比例适度，轮廓简练、舒展；结构科学合理，榫卯精密，坚实牢固；精于选料配料，重视木材本身的自然纹理和色泽；雕刻线脚处理得当；金属饰件式样玲珑，色泽柔和，起到很好的装饰作用。明式家具融入了艺术、文化、实用的功能，被国外学者誉为"继青铜器、玉器、书法、绘画、陶瓷后，又一载入青史的国粹。"

清·《美人图·持表》

4、清式家具

　　清朝至康乾盛世，社会一片繁荣，文化上逐渐出现了一味追求富丽华贵、繁缛雕琢的奢靡颓废风气，此时正值"广式家具"盛行，加上清宫内院以及官僚阶层的追随和提倡，清代中叶以后，家具大多以造型厚重、形体庞大、装饰繁琐而风靡一时，与传统的明式家具风格形成了强烈的对比，史称"清式家具"。

　　和其父雍正一样，乾隆也喜欢亲自参与家具的设计与打样。据《清宫内务府造办处档案》载：乾隆元年八月初十日，乾隆在养心殿西暖阁着装修仙楼下旨："着将仙楼上两边万字栏杆分做五堂，再楼下槅扇俱做柏木群板绦环画彩漆，博楼下对面槅扇安腿单棍帘架，楼下西边对门圆窗改为方窗，明间大鼓棚不用仍安闲余鼓棚，地平板不用墁砖，东西两边一样，与后殿西墙台阶一般平，再将净房地深取平墁砖，顶板墙板墙外仍安地平板，后殿东西前檐与穿堂并前殿西暖阁后檐俱安格漏，东边净房屏风西边拆去一扇，仍改做四扇，再楼上楼下俱安挂灯，栏杆上亦安套头灯，其余照样准做，钦此。"

　　乾隆对家具质量的把关很严，没做好是要治罪的。如乾隆二十四年五月十一日，太监胡世杰交画禅室紫檀木匣盖一件不合乾隆心意，于是下旨："着查系何人收拾，仍着伊好好收拾，如再收拾不好，将伊治罪。钦此。"四十九年九月二十三日，乾隆盛怒下旨："如意馆裱做新乐府册页次序裱做外错，着福长安查明治罪。钦此。"

　　王世襄先生曾说，自清中期以来，北京重紫檀、红木而贱花黎，以致许多黄花黎器都被染成深色。清代家具轻花黎而重紫檀，有其客观和主观的原因：一是海南黄花黎经过数百年砍伐，来源渐少，至清中期已不敷使用；二是皇家及上层官僚、文人的审美趋向发生根本性的改变。紫檀木光泽内敛，颜色深紫，久则转为深黑，沉穆威严，符合皇家威仪；紫檀木近乎无纹，材质坚硬，适宜雕刻。另外，在中国传统文化中紫色代表高贵，如北京故宫又称为"紫禁城"，也有所谓"紫气东来"的说法。唐代只有三品以上的官员才能服紫，可见紫色之高贵。

清乾隆紫檀独梃柱六方桌（中国嘉德2008年春季拍卖会）。（图文见于周默著《中国古代家具用材图鉴》第172 – 173页，文物出版社，2018年。）

我们翻阅史料，不经意间发现给黄花黎上漆，就是从乾隆开始的。如乾隆二年十一月二十一日，司库刘三九、七品首领萨木哈将做的棕竹边柏木心花黎木屉板小格一对持进，安设在养心殿后殿东暖阁宝座两边，太监胡世杰传旨："将此二格仍持出画彩漆，先画样呈览，准时再画。钦此。"又如乾隆十七年十二月初三日，员外郎白世秀来说，太监胡世杰交黑漆面花黎木八仙桌四张、花黎木抽屉炕桌一张，传旨："着做材料用。钦此。"可惜，我没有找到黄花黎上漆家具的实物。

清式家具重雕，乾隆时尤重雕工，历史上有名的"乾隆工"就出自乾隆朝。乾隆元年四月雕銮作奉旨："着做紫檀木玻璃插屏一件、花黎木插屏座一件配玉磬……，自四月初一日起至二十九日止，如募雕銮匠李大等五名，共做过九十八工，每工银七分，共用银六两八钱，乾隆元年四月二十九日档子房普昌发。"乾隆六年五月二十一日，李二格领银六两八钱六分，官保发；十六日，木作：为做楠木玻璃插屏、都盛盘、鹦哥架一件，用外雇木雕匠做过二十二工（每工银一钱五分四厘），秋格领银三两三钱八分八厘。十六日，木作：为做楠木佛龛一座，用外雇木雕等匠做过一百八十五工（每工银一钱五分四厘），秋格领银二十八两四钱九分。

类似的记录比比皆是，就不一一细举了。

清式家具形成了不同的地方特色，出现了京作、苏作、广作等不同的艺术风格。

"苏作"家具是指以苏州为中心的长江下游一带所生产的家具。清代苏式家具富丽繁复，其制作形体较小，技艺精湛，常用包镶手法，即用杂木为骨架，外面粘贴硬木薄板，一般将接缝做在棱角处，使家具木质纹理保持完整，其技术已经达到了神乎其技的地步。由于硬木原料来之不易，用料精打细算，木方多为小块木雕成，并常在看面以外处掺杂其他杂木，所以家具大多油饰漆里，起掩饰和防潮作用。

"京作"家具一般以清宫内务府造办处所制家具为代表，其风格大体介于广式和苏式之间，用料较广式要小、较苏式要实，不掺假、不包镶。在家具装饰纹样上，巧妙利用皇宫收藏的商周青铜器及汉代画像石、画像砖的装饰为素材，使

清 · 《美人图 · 读书》

清·《美人图·鉴古》

之呈现一种古雅富丽的艺术形象，以及沉穆雍富、庄重威严的皇家气派。

"广作"主要指以广州为中心地区生产出来的家具。广州是清朝我国对外贸易和文化交流的重要门户，西风东渐，广人在吸收西方家具文化的基础上，形成了广式家具豪华高雅、用料粗大、体质厚重、雕刻繁缛的艺术风格。广式家具的用材很讲究，一般一件家具用同一种木料制成。在制作时不油漆里，不上灰粉，打磨后直接揩漆，即所谓广漆。家具木质显露，便于欣赏木材的天然颜色和木纹。

清式家具在工艺上达到了很高的成就，但与经典的明式家具相比，审美上是一种倒退。最突出的一点，清式家具把工都用在了表面，结构上完全没有追求，有的家具连榫头都没有。其繁复的工艺，有的只是单纯炫耀，有的对结构还起破坏作用。我们今天能看到很多传世的明晚期和清早期的明式家具，部分年代较近的传世清代家具都是坏的、散的，这就是对结构不尊重的后果。

对此，艾克先生在1944年出版的《中国花黎家具图考》里痛心地说："中国家具的黄金时代可能与青花瓷器的全盛时期相一致；但在公元1500年之后不久似乎开始逐渐衰落。到17世纪末叶，尚存的古典明式传统已一项一项地失去其特色。早期式样中的大胆豪放，此时已被一种规矩的但是很漂亮的精致所代替。在其他情况下……华丽的雕琢遮盖了木材的自然美，并开始干扰优美的线性组合。"

清代后期，中国因西方列强入侵而发生变化，中国古代家具随之衰落，清式家具也成为我国古代家具的最后绝唱。

清乾隆黄花黎十二扇围屏属海南郑氏祠堂之物。清代乾隆年间，河北柏乡、正定在知县郑镇的治理下，政通人和，声名远播。乾隆南巡时，特地停留此地，郑镇二接圣驾，三受嘉奖。嗣后，郑镇在其海南郑氏祠堂内建三赐亭："以荣君赐，以启子孙。"其母七十大寿时，郑镇特地制作十二扇屏风，以示祝贺。屏风上眉板浮雕夔龙纹，腰板浮雕折枝花卉，下裙板浮雕花鸟图。首尾两扇分别雕刻有"福如东海"、"寿比南山"对联。屏框两侧安铜质钩钮，可以随时组合和分解。围屏屏心虽失，然屏框保存完好，图案雕刻生动传神，具有浓厚清代中期风格特点。

清乾隆黄花黎十二扇围屏（收藏：北京梓
庆山房，摄影：连旭，2006 年 4 月 28 日）

甲木·天干之首主宰四时生育万物

第六章：木道即仁

美虽然没有统一的标准，
但美与丑，却有着清晰的
分野。

选什么木材为器，可以看
出一个人的志向、雅致程
度和内心世界。

对自然、对树木、对手艺，
我们须怀敬畏之心。

一、心怀仁念 /186
二、以仁使木 /188
三、木之非仁 /206

一、心怀仁念

北京梓庆山房家具陈设。
摄影：宁心

什么是仁？

孔子说："仁者爱人"，并解释说："夫仁者，己欲立而立人，己欲达而达人"，"己所不欲，勿施于人"。弟子子张曾问仁于孔子，孔子回答说："能行五者于天下，为仁矣。"五者为"恭、宽、信、敏、惠"，"恭则不侮，宽则得众，信则人任焉，敏则有功，惠则足以使人。"

"仁"是儒家文化的核心，亦是儒家最高的道德准则。孔子说："仁者寿，大德必得其寿。"仁者心情平和、性情豁达，所以必定长寿。明代的杏林圣手龚廷贤也说："积善有功，常存阴德，可以延年。"

五常中，木对应的是仁；五脏中，木对应的是肝。"常"即自然状态，就是正常，就是自然、和谐。在中医看来，五脏对应的五常，是五脏的正常情志状态，也就是说，"肝肺心肾脾"和"仁义礼智信"是相对应的，假如五常失常，就会导致疾病。反过来，如果我们能将一个人失常的心理状态转化为正常，很多疾病就会不治而愈。《道德经》说："知常曰明，不知常，妄作，凶。"就是说认识了自然规律就叫作明智，不认识自然规律，轻妄举止，往往会出凶灾。这里面的凶灾体现在很多方面，最基本的就是疾病。

我们用树木装点宅院、美化环境，用木头做房子、做家具，直接关系到人们的生存和生活质量，所以须得心怀仁念。从这个意义上来说，木道即仁道。

顺便说一点，为什么优秀的古典家具都不用铁钉，而是纯木的榫卯结构？

金属未出现之前，人们使用竹木做"销"，金属出现后，未几钉子就开始使用。使用铁钉远比使用复杂的榫卯省事，为什么古人非得就繁不就简？

这还得从五行溯源。木对应的四季是春天，春天万物生长，眼见处皆生机勃勃。《周易》曰："天地之大德曰生"，"生"指的是生机，生机勃勃的力量，意思是说天地间最大的道德就是爱护生命。钉子是"金"，金克木，也就克住了生机，有违圣人之"仁"。

后来人们发明了科学、精巧的榫卯结构，比不使用铁钉来得更为坚固耐用。所以，家具之中不用或少用铁钉，是为正理。

这也是"仁"。

北京梓庆山房制榉木夹头榫带屉板小书桌

二、以仁使木

北京梓庆山房家具陈设。
摄影：宁心

每一种木材有它自己的性格和思想，亦有其合适表达自己志向、理想，展现自己美丽的独有的舞台。我们怎么样才能把木材的历史、文化、颜色、纹理、比重、木性等完美地结合起来，从而达到"以天合天"的境界，造出美轮美奂的器物？

一万个读者，心里会有一万个哈姆雷特。

这个问题，其实没有标准答案。

美虽然没有统一的标准，但美与丑，却有着清晰的分野。

选什么木材为器，可以看出一个人的志向、雅致程度和内心世界。

对自然、对树木、对手艺，我们须怀敬畏之心。

1、人有人设，木有木设

每一种木头都有自己既定的文化和角色，我们要做的，是要找准它们的位置，不僭越、不妄为、不胡作。

古人赏玩家具和器物，所用的木材范围其实很狭窄：第一，油性要好；第二，底色一定要干净，纹理要特别清晰；第三，要有芳香，因为芳香的木材不容易开裂和变形。这三个条件海南黄花黎都符合，其性格温润、敦厚、细腻，刚柔相济，不媚不俗，其韧度和硬度都比其他红木都要大。黄花黎的颜色、纹理有七八种之多，若以之为器，最好以一木为之。若是大柜，其两扇柜门一定要讲究纹理对称、颜色一致，最好是一木对开。黄花黎木的纹理本就绚丽多彩，所以家具上最好不雕或少雕。

明人之所以选择海南黄花黎制作自己喜欢的器物，原因便在这里。

黄花黎券口靠背玫瑰椅。制作：北京梓庆山房。摄影：宁心。

吾兄点评黄花黎券口靠背玫瑰椅：此椅所用黄花黎为紫褐色，似一色无纹，实则鬼脸纹连串，用料纤细，捉刀谨慎，以避免美纹与人工雕饰的重叠，或阻断自然纹理的延伸。靠背壸门略饰卷草纹，座面下壸门素朴光洁，以衬托靠背壸门之华丽、柔婉，有问有答，上下呼应，淡秀古雅，鲜有其俪。

黄花黎四面平架几画案。工艺及制作：北京梓庆山房。

吾兄点评黄花黎四面平架几画案：此案面板为稀见的满身狸斑黄花黎，且是一木而为。黄花黎因产地不同，颜色和纹理亦有很大的不同。一木而为的好处，是整件家具的颜色和纹理都呈同一种风格，不至于出现断层。此案顺纹弯拼，如野藤缘石。活泼的鬼脸纹、伞形纹、蜻蜓纹顺序连接，密而有序。面板虽拼，但工艺高超，浑然无缝，似"一块玉"，实为双层空心，穿带内藏，伸缩在内，整体抽涨，法度谨然。架几各设抽屉一只，便于存贮零碎之物，使整体器形饱满，简洁实用。此案无一机心，遍见天趣，如云林诗："爱此风林意，更趋丘壑情。写图以闲咏，非在象与声。"

李泽厚先生在《美的历程》中说："从形到线的历史过程中，人们不自觉地创造了和培育了比较纯粹（线比色要纯粹）的美的形式和审美的形式感。……（线条）常常可以象征着代表着主观情感的运动形式。"正如音乐的旋律一样，对线的感受不只是一串空间对象，而且更是一个时间过程。下图之紫檀大画案线条流畅轻柔，极具真趣。

紫檀色深、厚重，可为案、桌、床、椅、架、几等多种。故宫藏有多件紫檀宝座，其沉穆威严，很好地彰显了皇家风范。

榉木纹理细腻、文静、素朴，自明以来一直就受到文人喜爱。

《雍正家具十三年》载：雍正八年三月十五日，雍正交给郎中海望白瓷罗汉一尊，并下旨："着好手匠役，或用白檀或用黄杨木仿做一尊，其行容愈喜相愈好，左手持十八罗汉数珠，右手持芭蕉扇，如木不能甚大，即收小些做亦可。"雍正十三年三月初三日又下旨："着照造过的永明寿禅师像，用白檀香造二十尊。"

紫檀大画案局部。制作：北京梓庆山房。

佛教界十分注意佛像用材，其原则有二：一是与佛有缘的树木，如檀香、沉香、紫檀、娑罗树，二是纯净无纹宜于雕刻的木材，如乌木、黄杨木、无纹楠木、柚木、椴木、紫檀，但很少使用樟木、油杉、酸枝、黄花黎、鸡翅木及绿檀等木材。佛像讲究法相庄严端正，若用纹理明显、色彩斑斓、底色不干净的木材造制佛像，会亵渎佛祖，有辱神灵。雍正要求佛像"其行容愈喜相愈好"，用黄杨或白檀是十分合适的。

现在有人拿黄花黎、绿檀等木材雕刻佛像，这是极不严肃的。黄花黎的纹理活泼跳动，绿檀色泽泛绿不说，中间还间杂黑褐色条纹。试想一下，佛像浑身泛着一种艳俗的绿色，脸上交错着黑褐色条纹，何谈宝相庄严？

阴木种类繁多，比如松、柏、梓等木材可正常为器，并无顾忌。有人忌用桑木、槐木为器，其实没什么道理。这两种木材除了名字取得不好，做家具也好，做屋子也好，都无大碍。但有些阴木比如樟木和金丝楠的使用，就须小心在意了。

梓庆山房制榉木夹头榫画案面板

梓庆山房制榉木夹头榫画案

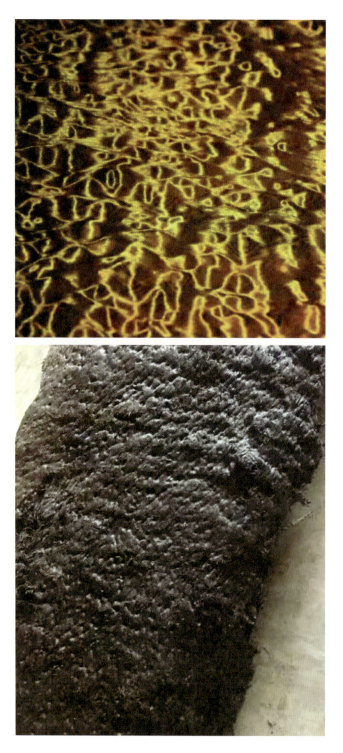

金丝楠阴沉木，表面已碳化，但开料后经打磨上蜡，因有阴暗的底色相衬，金丝耀眼，水波潋滟，有一种妖艳之美。图片由精品楠科提供。

樟木富含樟油，可杀虫、可防腐，但对人的身体健康亦有不好的影响，可用做书箱、衣柜等，亦可用于棺椁，但不适宜用于制作卧室家具。

金丝楠木亦是如此。在家中，金丝楠木的家具可以适当摆放一些，因为屋子里阳气过盛也不好，但若满堂都是金丝楠家具，则家中阴气过重，导致阴阳失调，就很不妥当了。

著名的古典家具设计师沈平认为，金丝楠有其特有的用途："金丝楠的本色比较单一，有些灰蒙蒙的，如果放在一般家庭中会有些不舒服，更不能布置整堂的金丝楠家具，整堂家具一个色度是很难看。而且现在很多金丝楠家具追求张扬，又张扬不到位，家具里面'带脏'。"他又说："人所处的环境需要既明亮又沉稳。从这个角度说，整堂家具布置采用单一木材所制的任何单一家具都不甚合适，在古代，将整堂家具用同一材质布置的也是极少数。就金丝楠来说，古典家具历史中有用，但比较特殊。代表性的比如藏书楼会大量用做书架、书柜，这是因为金丝楠有香味，能起到防虫功能，不喧嚣、不张扬很契合书斋的环境。"

周默指出："现在有些人痴迷于把玩阴沉木，花费大量时间和金钱收藏阴沉木原料和器物。阴沉木不是不可以玩，但须遵循以下几个原则：1、阴沉木属极阴之木，在室内存设中少量阴沉木家具或其他器物，可以起到阴阳协调的作用。2、阴沉木种类与来源复杂，制作家具前应逐一检测阴沉木的有害物质种类、含量及放射性物质是否超过国家规定的正常标准。3、阴沉木表面多已碳化，其木材的物理、化学性质已经改变，多数已失其自性，尤其是承重方面应特别注意。4、棺材板及具有对人体有害的放射性物质的木材，不适宜于家具的制作。5、硅化木及树化玉作为家具材料（如茶几、桌面、案面），除了考虑承重因素外，也应考虑放射性物质的检测，一般适宜于装点庭院或室外使用，不宜过多陈设于相对封闭的室内。"

2、木材如何搭配

所谓"满彻"，是指用单一材质制作的家具，是最近几十年来家具商人为了促销，生造出来的一个概念。其实，古人并不讲究"满彻"，明末就有用两种或两种以上材质搭配而成的家具，到了清雍正时期，各种木材搭配成器更是成了常态。

从城市到乡间，从古代到今天，我们使用的木材有数百种，其中，中国传统的古典家具用材亦有数十种。这么多禀性、面貌各异的木材摆在面前，我们该怎么搭配使用木材，要遵循怎样的原则？

简单地说，要做到这么几点：木性阴阳互济、色

东非黑黄檀酸枝木三屏风嵌兰草围子罗汉床。工艺及制作：北京梓庆山房。

调冷暖关照、纹理动静相宜、木质软硬搭配。木材使用过程中这几种情况相互交织，我就放在一起讲，不另分开。

雍正对木材的认识十分全面，在木材的使用上很有自己的想法。他利用各种木材的自然属性如纹理、比重、颜色、光洁度、阴阳的不同，合理地在同一件家具的不同部位进行赏心悦目的组合，避免了家具颜色单一、死板、拖沓。他对紫檀的使用，就有自己的独到之处。

翻开《清宫内务府造办处档案总汇》，雍正用紫檀木做过小吊屏、小牌龛、笔管、弯尺、宝座、佛龛、衣架、宝塔、盒子、书格、都承盆、椅、桌、案、几、床等多种器物，又先后用紫檀与金丝楠、黄杨、白檀、大理石、绿松石、乌木、花黎木、红豆木等种木、石材搭配成器，其中搭配最为频繁、也最有意趣的，是紫檀木与金丝楠木的绝妙成器。

《雍正家具十三年》载：雍正元年二月二十二日，怡亲王传旨："着做紫檀木膳桌八张，花梨木膳桌三张。"其后，造办处木作分别做得包镙银饰件紫檀木

东非黑黄檀楠木面心夹头榫平头
案。工艺及制作：北京梓庆山房。

东非黑黄檀楠木面心长方香几。
工艺及制作：北京梓庆山房。

边楠木心桌二张、赤金饰件紫檀木边豆瓣楠木心桌五张、包錾金紫檀木边豆瓣楠木心桌一张、包錾银饰件花黎木边楠木心桌三张。

豆瓣楠木，又称"斗柏楠"及"骰柏楠"，是楠木中颜色、纹理最为美丽的一种。《新增格古要论》谓："骰柏楠木出西蜀马湖府，纹理纵横不直，中有山水人物等花者价高，四川亦难得。"加工上蜡之后的豆瓣楠木质地细腻，光泽内敛，在灯光映照之下有若琥珀。

黑柿木其实就是我们俗称的野柿子木，我国、日本及东南亚各国皆有产，但以缅甸所产最优。黑柿木最大的特点，是雪白的木材中间，有着不规则的黑色纹理。并不是每一棵野柿子树的板材纹理都美如国画。据在缅甸长期从事木材贸易的商人介绍，大约只有两成的野柿子树具黑白纹。黑柿木木性大，易翘易裂，干

三屏风攒边装板围子罗汉床。

工艺及制作：北京梓庆山房。

燥、加工不易，成器也不易，在缅甸的深山里，许多不具黑白纹的野柿子树，砍伐后便弃之荒野，着实让人心痛。

由于黑柿木纹理的独特性和唯一性，黑柿木须得因材制器，即根据木材图案的不同，一器一设计，这也是黑柿木家具不同于其他材质家具的特点之一。下图的三屏风攒边装板围子罗汉床，三屏风用材为黑柿木，不加雕饰，纯以木材本身的纹理取胜。三副屏风，便如三幅隽永天成的水墨画，且其正反图画不同，淡雅悠远，自然有趣。床板为藤编软屉，颜色与屏风相互呼应。攒边及床框、腿子用材为东非黑黄檀。无束腰，腿子劲瘦，马蹄翻转有力。

此床结构洗练，用材精当，黑柿木纹理图案选择尤其用心，有隽永之趣，具出尘之意。

使用黑柿木为器，犹如画家绘画，画面设计煞费苦心。苏芳染黑柿木八折围屏上的槅心板，是用一整块板材截断的。这样做的原因，一是黑柿木木性大，材料只能截那么长，二是让画面完整流畅，一气呵成。最上面的画面连贯来看，似一条奔腾咆哮的大江；中间的画面，似一方小小的水渚，随时会被汹涌的江水吞没；最下的画面，便如烟波笼罩之下的沙洲，宁静而温暖，让你想起故乡的牧笛和鸟鸣。这样的画面，其实只是我个人的想象。你可以把它想象成记忆中任何美好的画面，可以用你的诠释赋予它新的生命，这也正是黑柿木家具独

东非黑黄檀架黑柿木二十四屉文具柜。制作：北京梓庆山房。

有的魅力所在。

　　三条槅心板的安排并不是平铺直叙，而是错落有致，一来使画面跳跃而鲜活，二来使观众的视线集中于画面上。槅扇与边框的设计，是让其成为画面的陪衬，不至于喧宾夺主。槅扇由细圆的黑柿木柱组成，通透简约；边框亦是黑柿木，用苏木汁染成褐色。这种工艺名曰苏芳染，自唐朝开始有记载，日本正仓院尚藏有唐代苏芳染器物，此后历代皆有沿袭。

苏芳染黑柿木八折围屏。工艺及制作：北京梓庆山房。

此桌通体光素，不用直枨或罗锅枨，而是用霸王枨加固；有束腰，腿子颀长，足下马蹄。面心板采用黑柿木，木纹如用淡墨随意勾勒而成；其余为乌木。两种木材相配，色彩冷暖相融，木性阴阳互济。

此桌劲瘦，虽属明式，却有明显的宋人遗韵。其腿秀挺颀长，内翻马蹄，如仙鹤欲飞、如舞者将舞，既天真内敛，又充满张力。

宋人为瓷，七分人工三分天成，宋徽宗曾云："雨过天青云破处，这般颜色做将来。"

宋人仰慕的并非青天，而是青天的高远。

乌木边黑柿木心有束腰马蹄足霸王枨条桌。工艺及制作：北京梓庆山房。

乌木边黑柿木心有束腰马蹄足霸王枨条桌局部

雍正三年十月二十一日，雍正对员外郎海望下旨说：床"边腿用花黎木做，牙子用紫檀木做，踢脚板用柏木做。"不久，雍正又下旨说："着将折叠米家围屏戏台做一份，……其栏杆屏或用紫檀木，或用花黎木镶锦，托泥用楠木做，不必做整的，每面两三节做亦可。"

这张床分别用了花黎、紫檀、柏木三种木材，戏台用紫檀木或花梨木与楠木相配，除了考虑颜色的搭配，达到视觉上的美感之外，更是考虑了木材的阴阳互济，在一件家具达到阴阳平衡，可谓"巧"与"妙"。雍正在位十三年间，宫廷家具中这种冷暖关照、画龙点睛的例子还有不少。

铁力木金丝楠面板大案。工艺与制作：北京梓庆山房。

紫檀架几带抽屉大画案。
工艺及制作：北京梓庆山房。

三、木之非仁

明朝刘基所著《郁离子》，里面讲了一个"工之侨"的故事：

工之侨得良桐焉，斫而为琴，弦而鼓之，金声而玉应，自以为天下之美也。献之太常，使国工视之，曰："弗古。"还之。工之侨以归，谋诸漆工，作断纹焉；又谋诸篆工，作古窾焉；匣而埋诸土。期年出之，抱以适市。贵人过而见之，易之以百金，献之朝。乐官传视，皆曰："稀世之珍也！"工之侨闻之，叹曰："悲哉世也！岂独一琴哉？莫不然矣。而不早图之，其与亡矣。"遂去，入于宕冥之山，不知所终。

上面这个故事是说，一个名叫侨的工匠得到了一块质地优良的桐木，把它制成琴后，能发出金玉之音，于是他认为这是天下最好的琴。他或许是想求官，也或许是想得些官家的赏赐，于是就把琴献给了太常。太常是朝廷的大官儿，秦置奉常，汉称太常，为九卿之一，掌礼乐社稷、宗庙礼仪。太常找了个国宝级"大师"来鉴别。大师也不说这琴好不好，只说："不古老。"太常就朝侨摇手："回去吧！别忘了把琴也带走。"

侨怏怏而归，既恨太常、国工识不得宝贝，又心痛这一趟既花了路费，又耽误了做工，老婆估计要絮叨半年。不行，得想个法儿把损失捞回来。于是，他和漆工商量，在琴上画了一些断续的纹路；又跟刻字工商量，在琴上刻了一些古代款识。然后他用匣子装着琴埋到土里，一年之后再挖出来，抱着它去了集市上。一个贵人见到这琴，眼睛亮得像三百瓦的灯泡，价钱都没讲，花费一百金买下了它，再献给朝廷。朝廷的乐官们传看这把琴，都啧啧称赞："这是世上少有的珍宝啊！"侨闻之，感叹了一回，于是进入了昏暗的山中，最后不知去向。

《工之侨》实际上是一篇寓言，世间并无"工之侨"其人。文章里很清楚地写明了作假的动机和步骤，至少说明在明初就有了木器作假的现象。这可能是史上最早的木器作假的记载，具有特别的意义。

此非仁矣。

1、古典家具的年代造假

随着明、清家具的拍卖价格逐步走高，且市场上用于交易的古典家具逐渐减少，古典家具的年代造假开始越来越多。常见的手法有如下几种：

（1）拼做。因为保管不善或自然破损等原因，遗留下来了相当数量古典家具的残件。有人用心收购此类残件，积攒到一定数量后，便移花接木凑成一件成品。

（2）改做。把传世较多且不太值钱的半桌、大方桌、小方桌等，改制成较为罕见的抽屉桌、条案、围棋桌等。

（3）半真半假。将一件旧家具拆散后，原样仿制一件或多件，然后将新旧部件混合，组装成各含部分旧构件的两件或更多件原式家具。最常见的实例是把一把椅子改成一对椅子。

（4）更改纹饰。宋、明家具少有雕饰，于是有人便把收购来的古典家具上具有年代特征的纹饰磨去，再依样做旧，以冒充年代较早、价钱较高的家具。

（5）新家具直接做旧。做旧的方法有以下几种：擦皮鞋油，用双氧水或高锰酸钾浸泡、刷涂料，刷食用碱、火碱或石灰水等，以改变木材表面的颜色或光泽，然后打上"英国蜡"（一种从英国进口专门用于做旧的蜡），使家具看起来很像年代久远的家具。

（6）出口回流造假法。为了创汇，20世纪六七十年代，我国出口了一批新仿古典家具至美、日、欧洲等地，2000年前后，这批家具开始回流国内。有人专门在国外收购这些家具，成批运回国内冒充明、清时代的家具，用以牟利。

另据收藏界的朋友介绍，还有人用心搜集古旧木器缝隙里的灰尘、虫尸等，使家具的造假更为逼真。

2、材料、工艺掺杂使假

（1）直接假冒。用比重、颜色、纹理相近的便宜木材冒充珍贵价高的木材。比如用越南黄花黎冒充海南黄花黎，用卢氏黑黄檀或血檀冒充紫檀，用白酸枝冒充红酸枝等。另外，有些木材商故事捏造一些新的木材名称鱼目混珠，达到牟利的目的。

（2）贴皮子。在普通木材制成的家具表面"贴皮子"，即包镶家具，伪装成硬木家具。包镶家具的拼缝处多以上色和填嵌来修饰，做工精细者，外观几可乱真。贴皮工艺明、清时就有，也见于古代家具的造假。

（3）偷梁换柱。明显的地方用真材，不明显的地方用假料。常见的手法是将颜色或纹理相近的木材混用，大多出现在紫檀和黄花黎等贵重材质的家具上。

（4）边材与心材混用。中国古典家具的传统用材比如黄花黎、紫檀、酸枝木、鸡翅木等都存在心材与边材的现象。靠近树皮的部分颜色较浅，木质松软，称为边材，易招惹白蚁，不能为器，一般将边材直接舍弃；中心部分颜色较深，木质坚硬，称为心材，做家具使用的就是心材部分。心、边材颜色、比重不一，有的厂家故意将边材与心材混用，然后上色，或用化学染色剂掩盖边材，这样成本可以下降很多，获取暴利。

（5）工艺造假。大体有这么几种情况：

其一，简化或根本没有榫卯。有些厂家采用机器流水作业，家具从表面上看似乎有榫卯，实际上是用机器打眼，然后用化学胶水黏合，内部根本没有传统的、严丝合缝的榫卯结构。

其二，简化刮磨、打磨程序。家具的刮磨、打磨是个慢工出细活的工序，非常费时。有的厂家摒弃人工打磨，用机器粗磨后就打蜡或上漆，致使木材的颜色、纹理、光泽度都大打折扣。

其三，简化蜡活程序。硬木家具要经过烫蜡、烤蜡或抖蜡的过程，和打磨一样费时、费工，且工人的技术水平要求高，特别是紫檀、黄花黎家具。不同材质的家具，所用的蜡也是不一样的。有的厂家为了花钱少、见效快，采用便宜的进口"英国蜡"、地板蜡或石蜡，这样一来，家具原有的天然质朴的本色会立即改变，或缓慢变色，从而失去了原有的味道。

其四，用化学胶代替传统的鱼鳔。传统家具的榫卯之间一般用较好的黄鱼鳔，比较讲究的用鲨鱼鳔来黏合，这样便于家具的拆卸与修复。砸鳔及熬制均是十分仔细、用工的活，逢潮气较重的夏天还不适宜于熬制和上鳔。而现在一些厂家在新制或修复家具时，往往用进口胶或国产"502""101"等，将家具结构粘死，再也难以拆卸修复。

3、用不适当的材料做不适当的家具

用不适当的材料做不适当的家具，分两种情况：

其一，有意。比如为了节省成本和时间，木材未干燥好便用于家具制作，容易造成今后家具变形、开裂、散架等。

其二，无意。比如用阴沉木或金丝楠、樟木制作成套卧室家具，有的人是出于无知，有的人是出于喜欢。阴沉木家具在四川大行其道，是当地的文化习俗使然。

4、浪费材料

2000 年之后的几年，我喜逛红木家具市场，和其中一些销售人员有过交往。那时"满彻"的概念已经被家具商创造了出来，他们接着又开始渲染用材的厚重。有一次，有个中年销售员指着自家的顶箱柜对我说："哎哟，这腿儿要是再粗一圈，就好卖了。"又拎起一把圈椅直摇头："太轻了！客户根本不买账。"

于是，家具市场就出现了"以斤论价"的奇观。其实，优秀的古典家具尤其是明式家具都有定式，其尺寸、形制都有自己的要求和标准，岂能以腿儿的粗细论英雄？

浪费材料的另一种形式，就是胡乱"创新"。市场上有许多不合理的设计，打着"传统家具"或"新中式家具"的旗号唬人。中国优秀的传统文化需要继承、需要创新，所以"新中式"很有必要，但那需踩在巨人的肩膀上前进才行。

5、唯材质论

大概是 2010 年前后，学术界掀起了古典家具"唯材质论"的争论，最后"唯材质论"受到了批评，争论慢慢平息。但在现实生活中，"唯材质论"仍然大有市场。

其实好理解，你是追求材质的名贵，还是追求艺术的雅致？

我们再换一个角度。在中国，艳丽无比的红豆杉已经濒危；野生的海南黄花黎已经找不到一棵了；在印度，檀香紫檀濒临灭绝；在东南亚，各国不约而同地发布了红木贸易禁令；在非洲，血檀资源以看得见的速度在减少，贫困的非洲政府也开始限制砍伐了……

我们都熟悉这句话：没有买卖，就没有伤害。

无节制地向自然索取，此非仁矣。

6、故意害人

　　阴沉木中还有一种特别的存在，即棺木。多年前，我曾见到过用海南黄花黎老棺木制作的家具，其色有种诡异的妖艳，红如凝血，纹如游魂，让我印象极其深刻。由于黄花黎稀少价高，有些古坟被刨开，尸骨弃之于野，黄花黎棺材重见天日，改头换面后被盗墓者推向市场。用以制作棺材的黄花黎一般都是巨材，锯解后制作家具，尤其是做柜子、案几等，其看面皆是"独板"，俗称"一块玉"，这让不知情的顾客喜出望外，或秘藏家中，或炫耀示人。黄花黎本属阳木，但埋于地下数十或数百年，且与尸骨为伴，早已转换了木性变成了阴木，用作家具，须得极度谨慎。

　　另外，川渝贵湘等地的偏僻山间多有岩棺，其棺多用金丝楠木制成。这些棺材经历了数百年或上千年，也被人盗来用以制作家具。金丝楠本属阴木，此种棺木称其为"黄泉木"亦不过分，怎么能用来制器？家里若是摆放了这种家具，那真是"鬼气森森"了！

　　只要有利益存在，这些"非仁"之举大概就不能绝迹。

　　我们常说"医者仁心"，其实，匠者亦须仁心！

摄影：宁心。

第七章：留名青史

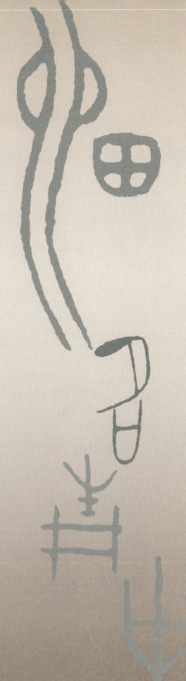

中国人习惯把"自古以来"挂在嘴上，却没注意到外国人脸上的各种羡慕。世界四大古代文明，中华文明是唯一没有中断且延续至今的文明。当我们在故纸堆里翻寻古巴比伦、古埃及、古印度文明的时候，中华文明仍呈现出勃勃生机，所以我们今天还在幸福地念叨"夏有禹，商有汤。周文武，称三王……"，还在书写方块汉字。

中国至迟在商周时代，就设立了专门的史官，记录国家大政和帝王言行。中国历史上匠人地位不高，直到清代，匠人的各种发明还被视为"奇技淫巧"，历朝的史官自然不会为匠人们花费笔墨。从史书的褶皱中幸存下来的匠人不多，木匠就尤其少了。

一、一对相爱相杀的老乡 /214
二、三个遗落在史籍褶皱里的先秦大匠 /221
三、著书立说的宋代木匠 /224
四、只羡木匠不羡仙 /226
五、明清两朝的大匠群体 /232

一、一对相爱相杀的老乡

这对老乡，就是战国时期的墨子与鲁班。

墨子是诸子百家中墨家的钜子，鲁班当时充其量就是个优秀的木匠，以今人的眼光来看，两人的地位严重不对等，又怎么会相爱相杀？

1、墨子

墨子名墨翟，生于约公元前 468 年，卒于公元前 376 年，是春秋战国之际小邾国人。他是我国古代伟大的思想家、教育家、科学家、军事家、逻辑学家和社会活动家。他创立的墨家，与儒家、道家共同构成了汉民族三大哲学体系，《韩非子·显学》谓："不入于儒，即入于墨"。先秦时期，儒、墨两家分庭抗礼，战国后期，墨学甚至凌驾于孔学之上。西汉时，刘向整理墨子及其弟子的著作七十一篇，统称为《墨子》。其《经上》《经下》《经说上》《经说下》及《大取》《小取》六篇，专说名辩和时间、空间、物质结构、力学、光学、声学、代数、几何等内容，代表着战国时期中国科学发展的最高峰。蔡元培认为："先秦唯墨子颇治科学。"历史学家杨向奎称："中国古代墨家的科技成就，等于或超过整个古代希腊。"

墨子主张"兼爱、非攻"，提倡积极防御的战略方针，形成一整套军事城防理论，被称为"墨翟之守"，后世简称"墨守"。《墨子·备城门》载，弟子禽滑釐问墨子，"甲兵方起于天下，大攻小，强执弱，吾欲守小国，为之奈何？"墨子说："何攻之守？"禽滑釐对曰："今之世常所以攻者，临、钩、冲、梯、堙、水、穴、突、空洞、蚁附、轒辒、轩车，敢问守此十二者奈何？"墨子从容应答，面无难色。墨子说："凡守围城之法，城厚以高，壕池深以广，楼撕揜，守备缮利……，然后城可守。"

墨子改造生产工具作为武器，如"连挺"，原是农村打禾工具，镰刀原是农具，投枪原为打猎工具，斧、锥原是手工业工具等。充分利用当地材料作为防御武器，如在城上两步之内放置重15斤以上的石头500块，用以投掷上城的敌人；用蒺藜阻敌；抛撒沙子迷敌之眼；城中灶灰、糖、秕、谷皮、马屎"皆谨收藏之"，用以迷伤敌人的眼睛。

墨子还发明的多种新式武器：

（1）答。《备高临》说："城上以答罗矢"，答是用草或竹子等编织成帘子，用来遮挡箭、石等。后世诸葛亮"草船借箭"，便是"答"的妙用。

（2）罂。《备穴》说："穿井城内，五步一井，附城足。高地一丈五尺，下地得泉三尺而止。会陶者为罂，容四十斗以上，固幕之以薄革置井中，知穴之所在，凿穴迎之"。这便是"地听"术，直到解放战争，我们仍在应用。

（3）烟熏武器。《备穴》说："灶用四橐。穴且遇，以桔槔冲之，疾鼓橐熏之。"这话是说，每口灶用四个牛皮风箱，敌我的地道将要相接时，用桔槔（桔槔：俗称吊杆、称杆，一种原始的汲水工具）撞破土层，然后鼓动风箱，以烟熏敌。

（4）藉车。见于《备城门》。藉车外部包铁，一部分埋在地下，能够投射炭火的机器，由多人操纵用来防备敌方的攻城队伍。

（5）转射机。见于《备城门》。转射机是一种置于城墙上的大型发射机，长六尺，由两人操纵，使用灵活，一人射箭的同时由另一人将机座旋转。

（6）连弩之车。见于《备高临》。弩是用机关发射箭的弓，连弩，就是把许多弓弩连接起来，形成弓弩集群或弓弩母机。车上装有瞄准仪，还装有调整射击方位的"屈伸"。此弩需十人掌控，其箭长十尺，一次能发射六十支，"小矢"可发射"无数"，"一发百中"。长箭用细绳系连矢端，射出后可用绞车收回重复使用。唐人杜佑《通典》描绘道：弩"以绞车张之，巨矢一发，声如雷吼"，"及七百步，所中城垒，无不摧陷，楼橹亦颠坠"。

（7）竹签、战栅。见于《号令篇》。在护城河中，设置一丈二尺宽的竹签带。竹签在水面下五寸，使敌人看不出。在护城河与城墙之间的开阔地上，布满层层战栅。战栅由削尖的大小树木构成，然后犬牙交错，长短相杂，坚固埋之，外涂泥，使敌人不易拔出或烧毁。

（8）自动吊桥。见于《备城门》。在城门前挖一条深沟，沟上铺设吊桥，吊桥有由机关控制的活动桥板。当敌我对阵，派小股部队迎战，佯败回城，待敌人冲上吊桥时，机械师立即开动暗藏的机关，活动吊桥顿时拦腰断开，桥上敌人纷纷落入水中被擒或淹死。

墨子还发明了城门活动吊桥、城门关锁、活动保险门（即"悬门沉机"）、城门楼等防卫设施；利用杠杆原理研制成桔槔，用于提水；制造了辘轳、滑车用于生产和军事等等。

2、鲁班

鲁班大概是历史上最著名的木匠。鲁班，姓公输，名般，故称鲁般，生于鲁定公三年（公元前507年），卒年不详。因为他是鲁国人，"般"和"班"同音，后世就称他为鲁班。有个成语叫"班门弄斧"，意思是说，在鲁班门前舞弄斧子，引申为在内行面前抖机灵、不自量力，可见鲁班在历史上声名之盛。

鲁班发明锯的故事，千百年来就一直流传在民间。相传有一年，鲁班接受了建造一座巨大的宫殿的任务，需要很多木料。鲁班让徒弟们上山伐树，由于当时还没有锯子，徒弟们只好用斧头砍伐，工作效率很低，远远不能满足工程的需要。有一次鲁班上山，不小心被一种野草划破了手。鲁班很奇怪，小草为什么如此锋利？于是他摘下一片叶子来仔细观察，发现叶子两边长着许多小细齿。既然小草的齿可以划破手，那带有很多小齿的铁条，是不是可以锯断大树呢？于是，在铁匠的帮助下，鲁班做出了世界上第一把锯。他用这个简陋的锯去锯树，果然又快又省力，锯就这样发明出来了。

鲁班还发明了刨子、铲子、凿子、钻、墨斗和曲尺等多种木工工具，直到今天我们仍然在使用。这些发明在当时有很大的影响，不但成倍提高了劳动生产率，也促进了木工技术的发展。史书记载，鲁班还发明了石磨。石磨的出现是我国古代粮食加工的巨大进步，对于改善老百姓的生活，起到了非常有益的促进作用。

鲁班在机械、土木建筑、军事、航天等方面，也有多项创造和发明。他制造的锁，外面不露痕迹，机关设在里面，必须借助配合好的钥匙才能打开。他还改进过车辆的构造，制成了机动的木马车。这种木马车由木人驾驭，装有机关，能够自动行走。后世诸葛亮设计制造的"木牛流马"，就是对鲁班木马车的升级改造。他曾为楚国制造攻城用的"云梯"和水战用的"钩强"。在航天方面，他制作木鸟，可能是人类尝试征服太空的第一人。在建筑及雕刻工艺方面，有房屋、桥梁设计，刻制的立体石制九州地图栩栩如生。

鲁班的母亲和妻子也是了不起的发明家。鲁班做木工活，用墨斗放线的时候，原来是由他母亲拉住墨线头的。但母亲要侍弄菜园田土，哪能老给他扯线头？母亲就想了个办法，在线头上拴一个小钩，这样，一个人操作就可以了。后世木工把这个小钩叫作"班母"，以纪念这个发明。鲁妻云氏也是一位出色的工匠，据《玉屑》载，伞是她发明的。传说鲁班妻子云氏因为怜惜鲁班在风雨烈日下工作，见亭子可避雨遮阴，于是想制作一个活动亭子让鲁班带在身边，乃造伞。传说鲁班刨木时，都是妻子云氏替他按扶着，不按着那木料乱动，就不好刨了。但云氏要伺候孩子、做饭洗衣，哪能老给他按木头？云氏就在木料前钉上橛子顶着木料，这样就不用她按扶了，节省了人力。后世的木匠就把这个橛子叫作"班妻"。"班妻"是前端带齿固定在木工凳上的马口铁，其作用是固定木料以利刨木，其形状有多种，农村的木匠至今仍在使用。

鲁班是竹、木、泥、瓦匠的祖师爷。每年的六月十三日是鲁班诞生日,后世的竹、木、泥、瓦匠非常重视这个节日，这一天大家隆重聚会，要派"师傅饭"，相传吃了"师傅饭"的孩子，不仅能像鲁班那么聪明，而且长得高高大大、健康伶俐。

鲁班极大地影响了后世的人们，山东滕州建有鲁班纪念馆，中国建筑业联合会设立有"鲁班奖"。

3、墨子与鲁班

墨子与鲁班都是今山东滕州人，是正儿八经的老乡。《考工记》说，所谓国有六职，百工居一，用那时人们的眼光看，两人的身份并不存在什么差异。那会儿所谓"上九流""下九流"之说尚未产生，所以秦穆公用五张羊皮换来了奴隶百里奚，眨眼间就让他当上了大夫；所以上大夫俞伯牙于荒山鼓琴，能和樵夫钟子期成为"知音"。

鲁班固然只是个工匠，但墨子同样只是个平民。越王曾邀请墨子做官，并许五百里封地，但墨子以"听吾言、用我道"作为条件，"奚能以封为哉？"他一生过着简朴的生活，"量腹而食，度身而衣"，弟子也是"短褐之衣，藜藿之羹，朝得之，则夕弗得"。

两人"相杀"，源于对战争不同的态度。墨子主张"兼爱""非攻"，而鲁班这方面的认识比较糊涂，于是两人上演了战国版的"沙盘推演"。

《墨子·鲁问》载：楚人与越人舟战于江，楚人不利。此时鲁班正好在楚国游历，于是他"焉始为舟战之器，作为钩强之备，退者钩之，进者强之，量其钩强之长，而制为之兵"，越人因此大败。鲁班得意洋洋对墨子吹嘘："我舟战钩强，不知子之义亦有钩强乎？"意思是说，我有用于舟战的钩强，你的"义"也有这么大的力量吗？墨子神色不动，答："我义之钩强，贤于子舟战之钩强。我钩强，我钩之以爱，揣之以恭。弗钩以爱则不亲，弗揣以恭则速狎，狎而不亲则速离。故交相爱，交相恭，犹若相利也。今子钩而止人，人亦钩而止子，子强而距人，人亦强而距子，交相钩，交相强，犹若相害也。故我义之钩强，贤于舟战之钩强。"

"强"通"镶"。这段话的意思是说，我"义"之钩强，胜过你船战的钩强。我以义为钩强，以爱为钩，以恭敬为强。不用爱，钩就不会亲，不用恭敬，推拒就容易轻慢，轻慢又不亲近就会很快离散。所以，互相爱，互相恭敬，如此大家都有好处。现在你用钩来阻止别人，别人也会用钩来阻止你；你用镶来推拒人，人也会用镶来推拒你。互相钩，互相推拒，如此互相残害。所以，我义之钩强，胜过你船战的钩强。

但鲁班并不服气，于是又拿另一件事显摆："公输子削竹木以为鹊，成而飞之，三日不下。公输子以为至巧。"墨子训斥说："子之为鹊也，不若匠之为车辖。须臾刘三寸之木，而任五十石之重。故所谓巧，利于人谓之巧，不利于人，谓之拙。"上面的对话是说，你与其弄这些没啥用的玩意儿，还不如工匠做一个有用的车辖。他们花费很短的时间，用三寸之木做成车辖插在车轴两端，便可负荷五十石的重压。所以，我们制作器物，对人有益才能称为"巧"，于人无益则是"拙"。

经此一役，鲁班非常感慨，对墨子说："没见到你的时候，我想攻下宋国。自从见了你，知道给我宋国，也是不义的，我不会接受。"墨子说："我没见你的时候，你想得到宋国。自从我见了你，给你宋国，你也知道是不义的，你也不会接受，这就是我把宋国送给你了。你努力维护义，我又将送给你天下。"

这段话其实非常有禅意。这便是中国哲学的魅力。

《墨子·公输》记载了他们的另一次对决。"公输般为楚造云梯之械，成，将以攻宋。子墨子闻之，起于齐，行十日十夜而至于郢，见公输般。"墨子一番话折服了鲁班，但鲁班非常为难，说："不可，吾既已言之王矣。"墨子非常执着："胡不见我于王？"

楚王虽然也认同墨子的道理，但他说，鲁班已经为我制造了云梯，要不打宋国，这些云梯不就浪费了吗？

于是，当着楚王的面，墨子和鲁班进行了一场精彩的对决。"子墨子解带为城，以牒为械，公输般九设攻城之机变，子墨子九距之。公输般之攻械尽，子墨子之守圉有余，公输般诎。"输了阵仗的鲁班这时显出阴暗的一面，说："我知道用什么办法对付你，但我不说。"墨子了然于胸："你的意思只不过是把我杀了。杀了我，宋国没有人能守城，楚国就可以大举进攻了。但我的弟子禽滑釐领着三百人，手持我发明的守城器械，在宋国的都城上等着你们！即使杀了我，但守城的人却是杀不尽的。"楚王非常无奈，说："善哉！吾请无攻宋矣。"

从史籍记载来看，墨子远比鲁班高明，但《韩非子》一不小心，却透露了另一个秘密："墨子为木鸢，三年而成，蜚一日而败"。花三年时间制造一只木鸢，只飞了一天就落地了。鲁班呢？"公输子削竹木以为鹊，成而飞之，三日不下。"

然而，《墨子》一书虽是西汉刘向整理刊行的，但来源于墨家著作和墨家门人，有意无意偏袒一下本门钜子，也是人之常情。而韩非子立场中立，用不着偏袒谁，其记载或更为可信。

论二人对后世的贡献，墨子远比鲁班为甚，但若论在民间的名气，鲁班又远远超过墨子。究其原因，大体有二：一是自西汉始，"罢黜百家，独尊儒术"，墨家逐渐式微，几至于绝。二是善战者无赫赫之功。《墨子·公输》载，"九攻九拒"之后，墨子归家经过宋国，途中遇雨，他到闾门去避雨，守闾门的人却不接纳他。"治于神者，众人不知其功；争于明者，众人知之。"

著名学者任继愈在《滕州史话》序言中评论道："我发现墨子与鲁班不仅是好朋友，而且还是地地道道的老乡，……鲁班与墨子同辈同时，也基本上同专业，鲁班的工程机械技术在当时已很著名。他是一个纯技术型的工程师，善于带徒弟而不善于著书，他对抽象思维、国家政治、社会民生不甚关心。墨子除技术外，还关心抽象理论。这两位伟人在后人的心目中留下了不同的形象，墨子是中国的科学圣人，鲁班成为后代工匠共同尊奉的祖师爷。……滕州一地有墨子、鲁班两位伟人，足以为地方文化添光彩。"

二、三个遗落在史籍褶皱里的先秦大匠

一个叫"倕"的人，应该是史籍中记载的、中国最早的一个木匠。倕生于黄帝或尧时，受命主理百工。《尸子·战国》载："倕为规、矩、准、绳。"这里的"规"，相当于现在的圆规，"矩"，相当于曲尺，"准"为原始的水准仪，"绳"为直绳，这些都是中国最早的测量工具。这些工具在当时及后世都发挥了巨大的作用。《史纪·夏本纪》载：大禹治水时，"左准绳、右规矩，……以开九州，通九道，陂九泽，度九山。"西周的商高《周髀算经》："平矩以正绳，偃矩以望高，覆矩以测深，卧矩以知远。"这话的意思是说，将矩平置可以校正垂直线，用矩仰视可以测高，俯视可以测深，卧倒可以测距。商高通晓相似三角形的原理，故能巧妙运用"矩"这一工具。

《伏羲女娲图》出土于新疆吐鲁番市火焰山乡阿斯塔那古墓。伏羲和女娲都是中华民族的始祖之一，传说他们是兄妹。左边伏羲手中拿着"矩"，矩上有墨斗；右边女娲手中拿的是"规"。

《庄子·达生》也记载了他的故事："工倕旋而盖规矩，指与物化而不以心稽，故其灵台一而不桎。忘足，屦之适也；忘要，带之适也；知忘是非，心之适也；不内变，不外从，事会之适也。始乎适而未尝不适者，忘适之适也。"这段话的意思是说，倕随手画来的图案，就胜过用圆规与矩尺画出的，手指跟随事物一道变化而不须用心留意，所以他心灵深处专一凝聚而不曾受过拘束。忘掉了脚，便是鞋子的舒适；忘掉了腰，便是带子的舒适；知道忘掉是非，便是内心的安适；不改变内心的操守，不顺从外物的影响，便是遇事的安适。本性常适而从未有过不适，也就是忘掉了安适的安适。

传说"舟"是倕发明的。《墨子·非儒下》："奚仲作车，巧倕作舟。"《山海经·海内经》记载，倕死后葬在不距之山："又有不距之山，巧倕葬其西。"

后世的人们多次咏怀他，如屈原《九章·怀沙》写道："巧倕不斲兮，孰察其揆正？"东方朔《七谏·谬谏》："弃彭咸之娱乐兮，灭巧倕之绳墨。"韩愈

《寄崔二十六立之》："黄金涂物象，雕镌妙工倕。"

上文提到，曲尺等工具都鲁班发明，这会儿你怎么又说是倕发明的？这其实很好理解。鲁班是个接地气的大匠，深得底层劳动人民的喜爱，于是人们就把许多原本不属于他的发明硬安在他的头上，以增添他的光环。比如河姆渡文化遗址就出土了石斧、石凿、骨凿、角凿等木工工具，四千多年后鲁班才诞生，但人民群众非得说凿子是他发明的，那有什么办法？鲁班也没办法，他也不能穿越时光回到今天，专门发个帖子辟谣。因此，有关鲁班发明创造的故事，实际上是中国古代劳动人民发明创造的故事，鲁班的名字已经成为古代劳动人民智慧的象征。

《庄子·达生》里还记载一个叫"庆"的梓人（木匠）的故事。鐻是古代的一种乐器，夹置钟旁，为猛兽形。庆削刻木头做鐻，鐻成，看见的人无不惊叹，认为只有鬼神才有如此高妙的手艺。鲁侯抑制不住好奇心，问："你用什么办法做成的呢？"庆非常谦虚："我就是个做工的木匠，哪有什么特别高明的技术！"之后，庆话锋一转，说了一段工匠们至今仍奉为圭臬的话："虽然，有一焉。臣将为鐻，未尝敢以耗气也，必斋以静心。斋三日，而不敢怀庆赏爵禄；斋五日，不敢怀非誉巧拙；斋七日，辄然忘吾有四肢形体也。当是时也，无公朝；其巧专而外骨消；然后入山林，观天性；形躯至矣，然后成见鐻，然后加手焉；不然则已。则以天合天，器之所以疑神者，其是与！"

这段话的意思是说，但我还是有一点特别之处。我准备做鐻时，从不敢随便耗费精神，必定通过斋戒来静养心灵。斋戒三天，不再怀有庆贺、赏赐、获取爵位和俸禄的思想；斋戒五天，不再心存非议、夸誉、技巧或笨拙的杂念；斋戒七天，已不为外物所动，仿佛忘掉了自己的四肢和形体。这个时候，我的眼里已不存在公室和朝廷，智巧专一而外界的扰乱全都消失。然后我便进入山林，观察各种木料的天性；选择好外形与体态最与鐻相合的树木，这时将要制成的鐻的形象便呈现于我的眼前，然后动手加工制作，不是这样我就停止不做。把我的自然天性与木料的自然天性相融合，之所以我制成的器物被人们疑为神鬼之作，原因就在这里。

庆提出一个非常重要的概念：对木材材性的认识要"以天合天"，也就是道家提倡的"天人合一"。这与倕的"忘适之适"有异曲同工之妙。从这个意义上来说，两个人都是了不起的哲学家。

鲁班还有一个老乡名奚仲，也是了不起的大匠，据说两轮马车就是他发明的。关于"奚仲造车"，史书记载较多，《左传》《荀子》《说文解字》《通志·氏族》及《纲鉴易知录》等均有记载。中国夏商周断代工程首席科学家李学勤说，奚仲所造的"车"应该是具有一定技术标准，具有重大创新的马车。但《滕县志》却说，车是奚仲的儿子发明的：奚仲"当夏禹之时封为薛，为禹掌车服大夫。奚仲生吉光，吉光是始以木为车。以木为车，盖仍缵车正旧职，故后人亦称奚仲造车。"

据《左传》记载，在公元前2250年，奚仲制造世界第一辆车，设有车架、车轴、车厢，为保持平衡，采用左、右两个轮子。汉代陆贾的《新语》中还说奚仲"挠曲为轮，因直为辕"，创造了有辐的车轮。《墨子·非儒》载："左者羿作弓，仔作甲、奚仲作车，巧倕作舟"，由此可见奚仲造车是为信史。

三、著书立说的宋代木匠

到了宋代，出了一个能著书立说的木匠喻皓。他所著的《木经》，是一部关于房屋建筑方法的著作，也是我国历史上第一部木结构建筑手册，对建筑物各个部分的规格和各构件之间的比例作了详细具体的规定，一直为后人广泛应用。《木经》的问世不仅促进了当时建筑技术的交流和提高，而且对后世有很大影响。李诚编著《营造法式》一书，很多内容都是参照《木经》的。令人遗憾的是，此书后来失传了，只在沈括所著的《梦溪笔谈》中有简略记载：

营舍之法，谓之《木经》，或云喻皓所撰。凡屋有"三分（去声）"：自梁以上为"上分"，地以上为"中分"，阶为"下分"。凡梁长几何，则配极几何，以为榱等。如梁长八尺，配极三尺五寸，则厅堂法也。此谓之"上分"。楹若干尺，则配堂基若干尺，以为榱等。若楹一丈一尺，则阶基四尺五寸之类，以至承栱、榱桷皆有定法，谓之"中分"。阶级有"峻"、"平"、"慢"三等；宫中则以御辇为法：凡自下而登，前竿垂尽臂，后竿展尽臂，为"峻道"；（荷辇十二人：前二人曰前竿，次二人曰前绦；又次曰前胁，后二人曰后胁；又后曰后绦，末后曰后竿。辇前队长一人曰传唱，后一人曰报赛。）前竿平肘，后竿平肩，为"慢道"；前竿垂手，后竿平肩，为"平道"。此之谓"下分"。其书三卷。近岁土木之工益为严善，旧《木经》多不用，未有人重为之，亦良工之一业也。

《梦溪笔谈》还记载了一则喻皓造塔的故事，颇具传奇色彩：

钱氏据两浙时，于杭州梵天寺建一木塔，方三两级，钱帅登之，患其塔动。匠师云："未布瓦，上轻，故如此。"乃以瓦布之而动如初。无可奈何，密使其妻见喻皓之妻，赂以金钗，问塔动之因。皓笑曰："此易耳，但逐层布板讫，便实钉之，则不动矣。"匠师如其言，塔遂定。盖钉板上下弥束，六幕相连如胠箧，人履其板，六幕相持，自不能动。人皆服其精练。

钱氏即吴越国王钱镠。喻皓以一介布衣之身，能让国王走后门"贻以金钗"，可见其名声之盛，亦可见其艺之精。

欧阳修在《归田录》里，也记载了一则喻皓造塔的故事：

开宝寺塔，在京师诸塔中最高，而制度甚精，都料匠喻皓所造也。塔初成，望之不正而势倾西北。人怪而问之，皓曰："京师地平无山，而多西北风，吹之上百年，当正也。"其用心之精，盖如此。国朝以来，木工一人而已，至今木工皆以喻都料为法。

喻皓所著《木经》虽已散佚，但宗其法而成的《营造法式》至今仍在发挥作用。欧阳修谓"国朝以来，木工一人而已"，诚不我欺。

四、只羡木匠不羡仙

中国历朝皆有心思在别处的天子，如人称"词帝"的南唐后主李煜，亡国后憋屈地死在汴梁，连小周后都没能保住；又如丹青圣手宋徽宗赵佶，其下场还不如李煜，被金人俘虏后"坐井观天"，最终死于五国城（今依兰县城西北）；再如痴迷炼丹的明世宗朱厚熜，听信道士忽悠，居然用宫女的经血炼丹，在"壬寅宫变"中差点儿被勒死。

这些"心思在别处"的皇帝中，有两人不约而同地认为，做木匠远比做皇帝带劲儿。

1、"鲁班天子"元顺帝

元顺帝孛儿只斤·妥懽帖睦尔（1320年—1370年），蒙古语意为"铁锅"，是元朝第十一位皇帝，也是元朝退回大漠前的最后一位皇帝。少年时，他寓居静江（今桂林）大圆寺，常用尿和泥，做成各种玩具；喜养"八角禽"，有时涉水捕鸟，竟顾不得脱靴；他还经常领着一帮小孩瞎闹，做纸旗杆插在城墙上招摇，让他的老师秋江长老伤透了脑筋。但这无伤大雅，他虽然是调皮了一些，但做起正经事来也是有模有样。亲政初期，他勤于政事，任用脱脱等人锐意改革，让糜烂的元朝一度回光返照，史称"至正新政"。但他后期逐渐怠政，沉湎于享乐不可自拔。

妥懽帖睦尔爱好广泛。他能诗会画，汉文诗和蒙文诗都有相当造诣，有"金陵使者渡江来，万里风烟一道开"之句；他笃信天命，"善观天象"，国之将亡，他倒非常镇定，说："天意如此，朕将奈何？"他喜密宗双修之法，"男女裸居，或君臣共被"。他最出名的爱好，是喜做木工。他当木匠可不是偶尔玩票，大都人民送给了他一个"鲁班天子"的诨名,可见其手艺之高超。

细读《元史》以及相关稗史,才知"鲁班天子"的确名不虚传。他在建筑工艺、机械工程等方面是一个天才。建造宫殿时,顺帝亲自画屋样,又亲自动手制作木质微缩模型,让工匠按他的图样搭建。身边亲近的宦官建房,顺帝热心地亲自设计,其模型精雕细刻、镶满金银珠宝,其工艺之精让人叹为观止。他追求完美,每做好一个模型,都会把身边宦官叫来品评,闻一语不足,立刻砸烂重做。一个合格的宦官们必须是眼眨眉毛动的角色,这事儿多了,有些宦官肚子里就开始冒坏水。下次只要元顺帝询问,宦官们就鸡蛋里挑骨头,把元顺帝精雕细琢的作品贬得比隔壁王木匠还不如。元顺帝这人脾气不错,宦官们胡说八道也不生气,还以为是自己的作品真不好呢。等到他把作品砸烂垂头丧气走远,宦官们就一拥而上开始抢夺。抢啥?作品上面镶满了金银珠宝啊!

据陶宗仪《元氏掖庭记》记载,元顺帝制造了一种绝无仅有的"五云车":

宫中制五云车,车有五箱,以火树为槛式,鸟棱为轮辕。顶悬明珠,左张翠羽,盖曳金铃,结青锦为重云覆顶。旁建青龙旗,列磨锷雕银戟五。右张白鸠缉氅,盖曳玉铃,结素锦为层云覆顶。旁建白虎旗,列豹绒连珠枪五。前张红猴毛毡,盖曳木铃,结赤锦为重云覆顶。前建朱雀旗,列线锋火金戈五。后张黑兔团毫,盖曳竹铃,结墨锦为层云覆顶。后建玄武旗,列画千五。中张雕羽曲柄,盖曳石铃,结黄锦为层云覆顶,建勾陈旗。中箱为帝座,外四箱为妃嫔坐。每晦夜游幸苑中,御此以行,不用灯烛。

这辆车设计精巧,构造复杂,装饰雍容华贵,即使夜晚也行驶平稳。因为装有照明设备,所以"不用灯烛",非常先进。

元顺帝在工程力学和设计构造学上同样造诣非凡,《元史》中记载了他造龙船和宫漏二事,从中可以窥见这位"鲁班天子"的"天分":

帝于内苑造龙船,委内官供奉、少监塔思不花监工,帝自制其样。船首尾长一百二十尺,广二十尺,前瓦帘棚穿廊两暖阁,后曰五殿楼子,龙身并殿宇用五彩金装。前有两爪，上用水手二十四人，身衣紫衫，金荔枝带。四戴头巾，于船两旁下，各执篙一。自后宫至前宫，山下海子内往来游戏，行时其龙首眼、口、爪、尾皆动。

这可不是七尺扁舟，而是"长一百二十尺，广二十尺"的巨船，其精巧、豪华，应独步当时。蒙古人来自草原，以骑射立国，进攻南宋、征讨日本时没少吃江河湖海的亏。或许是少年时期在南方的生活经历，让他对航行产生了巨大的兴趣，以至于当上了皇帝仍不肯放弃自己的梦想。

又自制宫漏，约高六七尺，广半之。造木为匮，阴藏诸壶其中，运水上下。匮上设西方三圣殿，匮腰立玉女捧时刻筹，时至辄浮水而上。左右列二金甲神人，一悬钟，一悬钲，夜则神人自能按更而击，无分毫差。当钟、钲之鸣，狮凤在侧者皆翔舞。匮之西东有日月宫，飞仙六人立宫前，遇子午时，飞仙自能耦进度仙桥，达三圣殿，已而，复退立如前。其精巧绝出，人谓前代所鲜有。

这件宫漏具有划时代的意义，是中世纪东西方科技完美合璧的产物。它全程由水力操纵，每到整点报时，整个宫漏上的模型就会有条不紊转动，一派神仙飞升狮凤起舞的热闹场面。"精巧绝出，人谓前代所鲜有"之语，没有一点儿夸张。

《明史》载：至正二十八年（1368 年）闰七月，明军攻入大都，曾缴获元顺帝自制的宫漏。部下将其献给朱元璋。朱元璋看了后说："废万几之务，而用心于此，所谓作无益、害有益也。使移此心以治天下，岂至亡灭？"于是命左右将其捣毁。

顺便说一句，元顺帝其实叫元惠宗。朱元璋攻打大都时，他不作抵抗逃之夭夭，明朝史官认为他顺应天意，故称他为"元顺帝"。

2、"木匠皇帝"朱由校

朱元璋赶跑了"鲁班天子",建立了明朝,却未料到他的子孙之中,也出现了一位"木匠皇帝",其水平虽不及蒙古人元顺帝,其痴迷程度却有得一拼。

有明一朝,出了多位心思不在朝政的皇帝,有二十八年不上朝、痴迷炼丹的明世宗(嘉靖皇帝),有促织天子明宣宗(宣德皇帝),贪玩皇帝明武宗(正德皇帝)等等,所以再出现一个木匠皇帝明熹宗(天启皇帝,即朱由校),也不是什么让人惊奇的事儿。

明朝宦官刘若愚蒙冤入狱,乃效太史公发愤,于狱中著有《酌中志》一书,详细记述了自己在宫中数十年的见闻,并申冤以自明,是为信史。后刘若愚果然申诉成功,得以重见天日。

先帝好驰马,好看武戏,又极好作水戏,用大木桶、大铜缸之类,凿孔削机启闭灌输,或涌泻如喷珠,或渐流如瀑布,或使伏机于下,借水力冲拥圆木球,如核桃大者,于水涌之大小般旋宛转,随高随下,久而不坠,视为戏笑,皆出人意表。

这个叫"水戏"的娱乐工具,制作颇为精巧,已经涉及机械、力学等方面的知识。他是否借鉴了元顺帝宫漏的创意,不得而知。

圣性又好盖房,凡自操斧锯凿削,即巧工不能及也。又好油漆匠,凡手使器具皆御用监、内官监办用。先帝与亲昵近臣如涂文辅、葛九思、杜永明、王秉恭、胡明佐、齐良臣、李本忠、张应诏、高永寿等,朝夕营造,成而喜,喜不久而弃,弃而又成,不厌倦也。且不爱成器,不惜天物,任暴殄改毁,惟快圣意片时之适。

朱由校喜欢建房,喜欢做木工。吴宝崖在《旷园杂志》记载,朱由校曾在庭院中造了一座小宫殿,形式仿乾清宫,高不过三四尺,却曲折微妙,小巧玲珑,巧夺天工。他还曾做沉香假山一座，池台林馆，雕琢细致，堪称一绝。史载，朱由校因嫌匠人所造的床笨重丑陋，于是自己设计图样，亲自锯木钉板，费时一年造出一张床，床板可以折叠，携带移动都很方便，床架上还雕镂有各种花纹，美观大方。据说，所有的木器用具、亭台楼榭，他瞟一眼就能仿制出来，可谓天才。

但他做事但凭好恶，没有常性，"喜不久而弃"，"惟快圣意片时之适"。

天启五年（1625年）到天启七年（1627年）间，朝廷对皇极殿、中极殿和建极殿进行了规模巨大的重造工程，从起柱、上梁到插剑悬牌，整个工程朱由校都亲临现场指挥，不辞劳苦。明末赵吉士在《寄园寄所寄》中评价说：明熹宗天性极巧，癖爱木工，手操斧斤，营建栋宇，即大匠不能及。

又，木傀儡戏，其制用轻木，雕成海外四夷蛮王及仙圣、将军、士卒之像，男女不一，约高二尺余，止有臀以上，无腿足，五色油漆，彩画如生。每人之下，平底安一榫卯，用三寸长竹板承之，用长寸余、阔数尺，深二尺余方木池一个，锡镶不漏，添水七分满，下用凳支起，又用纱围屏隔之，经手动机之人，皆在围屏之内，自屏下游移动转，水内用活鱼、虾、蟹、螺、蛙、鳅、鳝、萍藻之类，浮水上。

朱由校是明神宗朱翊钧的孙子，因神宗在位时只顾自己寻欢作乐，皇太孙读书的事儿他居然给忘了，以致朱由校继位时文化程度很低，堪称"文盲皇帝"，连奏章都须他人代念，身边也尽多文盲。有一次，江西抚军剿匪报捷，奏章中有"追奔逐北"一句，一个叫何费的太监同样不学无术，念成了"逐奔追比"。他还自作聪明解释说，"逐奔"是"追赶逃走"，"追比"是"追求赃物"。这事儿遭到大臣们的嘲笑，朱由校羞怒交加，不思己过，反而"贬俸"江西抚军。

制作上述木傀儡，涉及选材、雕刻、髹漆、丹青、机械、力学等多方面的专业知识。以朱由检的文化水平，无师自通，谓其是天才亦不过分。

当其斤斫刀削，解服磐礴，非素昵近者不得窥视，或有紧切本章，体乾等奏文书，一边经管鄙事，一边倾耳注听。奏请毕，玉音即曰：尔们用心行去。所以太阿之柄下移南乐、蓟州东光辈，及在京之徐大化等一派，线索如枹鼓之捷应也。先帝每营造得意，即膳饮可忘，寒暑罔觉，可惜玉体之心思精力，尽费于此。

魏忠贤等人借着朱由校做木工活的机会，故意向他汇报国家大事。朱由校不耐烦，说，我知道了，你们去弄呗，干嘛要烦我？于是魏忠贤就多次矫诏擅权，把国家弄得如一团乱麻。

朱由校死得极为荒唐。天启七年（1627年）八月，朱由校由客氏、魏忠贤等人的陪同，于西苑乘船戏耍。小船被一阵狂风刮翻，朱由校虽被人救起，但落下了病根，未几身亡。之后其弟朱由检即位，年号崇祯。16年后，崇祯于景山自缢。

泡桐花。诸花皆美，驱使争艳者，皆在人尔。摄影：北京易文英。

五、明清两朝的大匠群体

1、侍郎与尚书

明、清两朝,有几位工匠因受到皇帝赏识得到了一官半职,从而让史官歪了一下笔头,在史籍上留下了一鳞片爪的记载。我现据单士元先生所著《故宫史话》之记载,转录如下:

明朝:

杨青,瓦工,永乐时在京师营造宫殿;

蒯福,木工,永乐时在京师营造宫殿;

蒯祥,木工,永乐、正统两朝在京师营造宫殿;

蔡信,工艺,永乐时在京师营造宫殿;

蒯义,木工,永乐时在京师营造宫殿;

蒯纲,木工,永乐时在京师营造宫殿;

陆祥,石工,宣德朝营建宫殿;

徐杲,木工,嘉靖朝营建三殿;

郭文英,木工;

赵德秀,木工;

冯巧,木工。

清朝:

梁九,木工。

明代工部有营缮所,其中技术人员有由工匠升至王朝大官者。木工蒯祥官至侍郎,徐杲匠官出身,官至工部尚书,石匠陆祥官至工部侍郎。瓦工杨青,不但官至侍郎，而且有由永乐皇帝赐名的轶事流传了下来。杨青原名杨阿孙，有一天永乐帝看到宫殿上新粉刷的墙壁上有若异彩的遗迹，这是蜗牛爬行的痕迹。永乐帝好奇地向左右随侍发问，正在做工的杨阿孙如实回答了他的好奇。随后永乐帝得知他名"阿孙"，调笑他乳名未改，说，现在正是杨柳发青的时候，你就叫杨青吧！

蒯祥，江苏吴县（今江苏苏州）鱼帆村人。蒯家世袭工匠之职，其父蒯富技艺高超，曾是总管建筑皇宫的"木工首"。蒯祥自幼随父学艺，在木工技艺和营造设计上造诣精深，其父告老还乡后，他子承父业，继任"木工首"。

明永乐十五年（1417 年），明成祖朱棣迁都北京，开始营建北京都城和紫禁城，蒯祥被任命为皇宫重大工程的设计师。他的第一项任务，是为宫廷设计、营造正门承天门（明末改称天安门）。永乐十九年，承天门竣工，其城楼形制与今日天安门大致相仿。明成祖龙颜大悦，给了他极高的荣誉，称他为"蒯鲁班"。他在京 40 多年，先后负责兴建太和、中和、保和三大殿，重修被大火烧毁的承天门，又主持营造明十三陵中的裕陵、献陵，隆福寺等建筑，成绩卓著，从一名工匠逐步晋升，直至被封为工部左侍郎，官二品，但享受一品俸禄。

蒯祥精通尺度计算，每项工程施工前都作了精确的计算，《吴县志》载，蒯祥"略用尺準度……造成以置原所，不差毫厘"，竣工后建筑的位置、距离、大小尺寸与设计图分毫不差，其几何原理掌握得相当好。蒯祥不论在用料、施工等方面都精心筹划，营造的榫卯骨架都结合得十分准确、牢固。在北京皇宫府第的建筑中，蒯祥还将江南的建筑艺术巧妙地运用上去，他采用苏州彩画、琉璃金砖，使殿堂楼阁显得富丽堂皇。

据记载，蒯祥能以双手握笔同时画龙，两条龙一模一样，技艺炉火纯青。《宪宗实录》载：蒯祥"凡店阁楼榭，以至回廊曲宇，随手图之，无不称上意者"，"凡百营造，祥无不与。"

蒯祥是一个时代建筑工艺水平的代表。他的另一大贡献，是带出了一批出色的工匠。苏州香山位于太湖之滨，自古良匠辈出，人称"香山帮"，而蒯祥被尊为"香山帮"鼻祖。香山帮不但工种齐全，而且分工细密，如木匠分为"大木"

和"小木"，大木从事房屋梁架建造，小木进行门板、挂落、窗格、地罩、栏杆、隔扇等建筑装修。他们的木工工具也领先于时代，如凿子分手凿、圆凿、翘头凿、蝴蝶凿、三角凿五种，每种又有若干不同尺寸、角度的凿子。蒯祥尽管做了高官，但为人谦逊，每有后学请教，他总是非常热心予以解答。直至今天，仍有打着"香山帮"旗号的苏州子弟活跃于国内外。

开元寺位于苏州市盘内东大街，其无梁殿是江苏省现存五座无梁殿中制作最精美的一座，建于明万历四十六年。以磨砖嵌缝纵横拱券结构，不用木构梁柱檩椽，故称无梁殿。整座殿阁宏伟庄重，有"结构雄杰冠江南"之誉。在数百年前能造这样的无梁殿，充分表明香山帮工匠的高超建筑技艺。

冯巧是明末著名的工匠，生卒年不详，技艺精湛，曾任职于工部，多次负责宫殿营造事务，故宫现前三殿中的中和殿、保和殿就是明万历四十二年（1614年）由冯巧主持重建的。冯巧死后，梁九接替他到工部任职，清代初年，宫殿内的重要建筑工程都由梁九负责营造。梁九为顺天府（今北京市）人，生于明代天启年间，卒年不详，曾拜冯巧为师。清康熙三十四年，太和殿焚毁后，梁九主持重建。动工之前，他按十分之一的比例制作了太和殿的木模型，其形制、构造、装修一如实物。据之以施工，当时被誉为绝技。他建造的太和殿也保存至今。

清代的工匠地位不高，不能如明朝一样能跻身京卿之列，只能世守其业，即使营造有功，也只能安分守己做个手艺人。

2、样式雷

古龙先生的小说《圆月弯刀》里，有这样一段文字：

监督建造这庄院的总管姓雷，是京城"样子雷"家的二掌柜。

在土木建造这一行中，历史最悠久，享誉最隆的就是京城雷家，连皇宫内院都是由雷家负责建造的。

古龙先生说得不错，清代的"皇宫内院"的确是由雷家负责建造。所谓"样子雷"即"样式雷"，是一个绵延五百多年、声名显赫的宫殿营造家族。直至民国初年，样式雷才渐渐没落。

据朱启钤《样式雷家世考》，样式雷始祖是江西建昌（今永修县）人，明洪武年间即以工匠身份服役，明末迁居南京。清初，雷发达及其堂兄雷发宣应募到北京供役内廷，康熙初年雷发达参与修建太和殿，很快就崭露头角。

古代修建宫殿安装大梁和吻兽时，须得由工部尚书或内府大臣主持仪式，焚香行礼。太和殿是传说中的金銮殿，所以当日的仪式由康熙皇帝主持。上梁要选定吉时，梁木入榫和皇帝行礼须在同一时间，一点儿都错不得。但就在太和殿上梁的紧要关口，却突然出现了一个意想不到的情况：大梁被人用抬绳吊上了殿顶，但却迟迟不能正常就位！

屋顶上的工匠一看，顿时就出了一身冷汗，原来凿就的榫卯不合，怎么弄都差了那么一点儿，大梁就被这"一点儿"给硌住了。典礼无法继续举行，一干人都傻眼了。要是误了吉时，那可是对朝廷、对社稷的大不敬。眼看康熙皇帝脸沉如水，现场的官员两股颤颤，唯恐各种罢官、下狱的后果。就在大伙儿急得团团转的时候，雷发达挺身而出，说这事儿就交给我，保证办得妥妥的。

工部的官员们大喜，说，你还磨蹭个啥？快去呀！但雷发达不能去，因为他一介布衣，没有资格爬上太和殿的屋顶。逼急了的官儿们哪管这套，不知从谁身上扒下一套官衣，着急忙慌地给雷发达穿上，然后催他赶快行动。雷发达带着工具攀缘而上，只见他手起斧落，大梁"咔"地顺利就位。康熙大喜，敕封他为工部营造所长班，负责内廷营造工程。工匠们与有荣焉，于是编出了"上有鲁班，下有长班，紫微照命，金殿封官"的韵语。

雷发达的那一斧，就此砍出了享誉二百多年的"样式雷"。

雷发达的长子雷金玉继承父职，并投身于内务府包衣旗，承领圆明园楠木作，后又任圆明园样式房掌案。雷金玉70多岁去世，雍正皇帝给了他极高的礼遇，特地降旨由国家拨银，送其回江宁归葬。雷氏家族有六代后人都在样式房任掌案职务，负责过北京故宫、三海、圆明园、颐和园、静宜园、承德避暑山庄、清东西陵等重要工程的设计工作。

雷式家族设计的建筑方案，都按百分之一或二百分之一的比例，先制作模型小样进呈内廷，以供审定。模型用草纸板热压制成，故名"烫样"，其台基、瓦顶、柱枋、门窗以及床榻桌椅、屏风纱橱等均按比例制成。雷氏家族的烫样独树一帜，是了解清代建筑和设计程序的重要资料。

烫样按需要分为五分样、寸样、二寸、四寸以至五寸样等数种。五分样是指烫样的实际尺寸每五分（营造尺）相当于建筑实物的一丈，即烫样与实物之比为1：200。寸样指每一寸作一丈，即百分之一比例尺，二寸样为五十分之一比尺。依此类推，根据需要选择适当的比例。

过去，宫内的建筑资料不准外泄，所以世人对雷家了解不多。直到清亡后的1932年，雷氏因生活所迫，卖出其保管的数千件图样档案和百十盘烫样，"样式雷"才渐渐为世人所知。至今，雷氏仍有后代生活在北京。

摄影：崔憶。

摄影：金黄。

后　记

　　许多年前，县里要建火葬场，乡亲们都吓坏了。一队的葛老头和王老倌是一对好朋友，两人时常凑在一起喝酒。某日葛老头拎了酒又来寻王老倌，说："县里发了通知，元旦前死的可以土葬，之后都要一把火烧了。"葛老头走后，王老倌左思右想，赶在元旦前一索子把自己挂在了房梁上。事后，葛老头一双老眼哭得像水蜜桃："我真不该开那个玩笑啊！"

　　今天的人们可能不解王老倌的举动，而我却特理解。乡人们生前住木屋、用木器，死后睡在木制的"千年屋"里，再在墓前栽上墓树，是千百年来不变的习俗。此书将要付梓时，四川三星堆又出土了一株青铜神树，至此，三星堆博物馆共有青铜神树八株。这些神树是三千多年前人们祭祀祖先、鬼神之用，这说明，树木崇拜自古有之，树能通神，是为祖先们的共识。中国人爱树木爱到骨子里，就是遵循了几千年来未曾中断的传统。

　　《嘉木中国》不是精密严谨的学术专著，而是借鉴了散文手法的信马由缰之作，以读得舒服、顺畅为写作准则。我不知这种写法能否得到读者的认可，姑且作为一个尝试吧。

　　中国的木材文化绵长而璀璨，我在这长河中撷取了几朵浪花拼凑成书，内心之惶恐，不可言说。此书得到了三哥周默的大力支持，从史料到图片、到审稿，无不有求必应；沈平兄将许多珍藏的资料提供给我使用，并热心地教我如何欣赏家具之美；团结出版社社长梁光玉先生早早约稿，从写作风格到图片选取，都给了我许多有益的建议；其后本书编辑陈心怡细察出我忽略了的许多错误；本书编排之精美出乎我的想象，美编崔憶为此付出了艰辛的努力；大哥周方池给我题写书名、同学毛青山热心替我校对书稿，在此一并感谢了。

周　畅

2021 年 3 月 23 日于北京

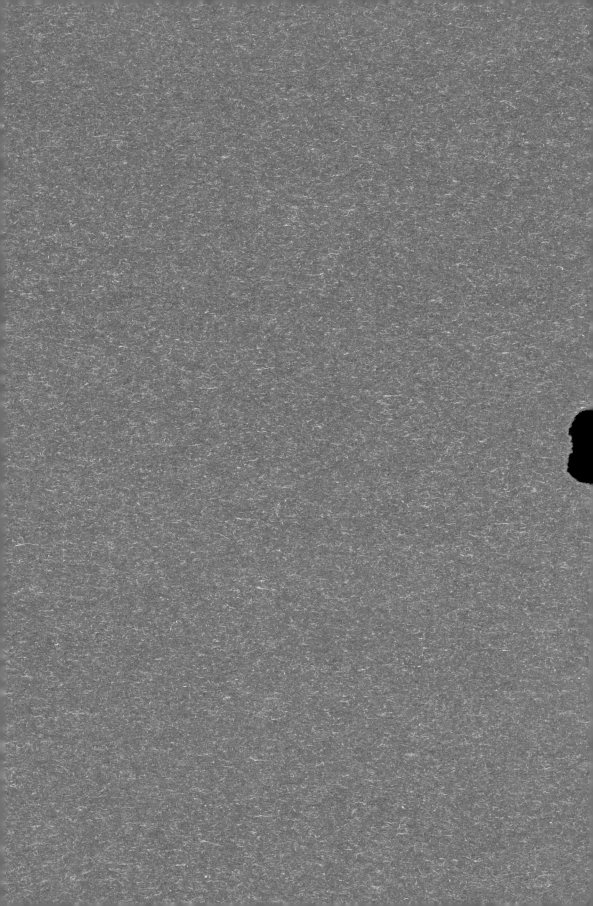